계몽의 열매

본 도서는 러시아 번역원의 번역 지원을 받아 출간되었습니다.
Издано при поддержке АНО «Институт перевода», Россия.

계몽의 열매

레프 톨스토이 지음
김경준 옮김

일러두기

1. 이 책은 러시아어 고유명사의 표기에 있어 국립국어원의 표기법에 따르고 있음을 밝힌다.

2. 각주 중 역자 주를 제외한 모든 주석은 저자의 주석이다.

차례

계몽의 열매
  제1막   19
  제2막   107
  제3막   167
  제4막   229

역자 해설
– '계몽의 열매'의 여정: 지면을 넘어 무대로   273

레프 톨스토이 연보   278

계몽의 열매

4막 희곡

등장인물

레오니드 표도로비치 즈베즈딘체프　지방 각지에 2만 4천 데샤티나[1]의 토지를 소유한 지주다. 근위기병대 중위로 퇴역한 60세 안팎의 건강한 남성으로, 온화하고 유쾌한 신사다. 심령론 신봉자로, 자신의 이야기로 사람들을 놀라게 하는 것을 좋아한다.

안나 파블로브나 즈베즈딘체바　레오니드 표도로비치 즈베즈딘체프의 아내다. 몸집이 풍만하고 젊음에 집착하는 중년부인이다. 체면을 중요시하는 한편 남편을 경멸하고 의사를 맹신한다. 다혈질이다.

벳시　레오니드 표도로비치 즈베즈딘체프와 안나 파블로브나 즈베즈딘체바의 딸이다. 남자 같은 되바라진 행동을 일삼으며 pince-nez[2]를 쓰고 다니는 20세 안팎의 사교계 여성이다. 애교와 웃음이 많다. 말이 매우 빠르고 발음이 아주 정확하다. 외국인처럼 입술을 오므리고 말한다.

1　러시아에서 미터법을 채택하기 전까지 사용했던 토지 면적 단위다. 1 데샤티나(десятина/desyatina)는 약 1.09헥타르로, 2만 4천 데샤티나는 약 26,220헥타르에 해당한다.(역자 주)

2　코안경(팡스네) (프랑스어)

바실리 레오니드이치 레오니드 표도로비치 즈베즈딘체프와 안나 파블로브나 즈베즈딘체바의 아들이다. 나이는 25세다. 대학에서 법학을 전공했다. 정해진 직업은 없다. 사이클 협회, 경마 협회, 보르조이 견종 진흥 협회 등에 가입한 회원이다. 자신감 넘치는 혈기 왕성한 청년이다. 목소리가 크고 짧은 문장으로 툭툭 끊어 말한다. 어떤 때는 우울해 보일 만큼 진지한 모습을 보이는 반면, 어떤 때는 유난스레 명랑하고 요란하게 웃는다.

교수, 알렉세이 블라디미로비치 크루고스베틀로프 50세 안팎의 교수 겸 학자다. 행동과 말투에서 침착함과 유쾌한 자신감이 배어난다. 특히 말투는 느릿하면서도 나긋나긋하다. 말하기를 좋아한다. 자신과 의견이 다른 이들은 은근히 무시해 버린다. 애연가다. 마르고 날쌘 사람이다.

의사, 표트르 페트로비치 40세 전후로 건장한 체격에 살집이 있으며 얼굴이 붉다. 목소리가 크고 거칠다. 늘 자만에 찬 웃음을 흘린다.

마리야 콘스탄티노브나 20세 안팎의 여성으로 음악원 출신 음악 교사다. 앞머리가 이마를 가지런히 덮는 머리모

양에 유행에 지나치게 민감한 옷차림이다. 상대방의 눈치를 지나치게 보고 작은 일에도 크게 당황한다.

페트리셰프 28세 안팎으로 대학에서 어문학을 전공했고 현재는 일자리를 찾고 있다. 바실리 레오니드이치가 속한 각종 협회의 회원이며, 캘리코 무도회[3] 조직 협회의 회원이기도 하다. 머리가 벗겨졌으며 언행이 민첩하고 인사성이 매우 밝다.

남작부인 50세 안팎의 도도한 부인으로 동작이 굼뜨고 말투는 무미건조하다.

공작부인 사교계 부인. 즈베즈딘체프가(家)를 찾은 손님.

공녀 공작부인의 딸. 과장된 표정을 짓는 사교계 여성. 즈베즈딘체프가를 찾은 손님.

백작부인 고령의 부인으로 가까스로 몸을 가누며 곱슬머리 가발을 쓰고 틀니를 끼고 있다.

그로스만 유대인처럼 생긴 흑발의 남성으로 몸짓은 매우 민첩하고 성격은 신경질적이며 목소리는 아주 크다.

뚱뚱한 부인, 마리야 바실리예브나 톨부히나 매우 도도하며 부유하

---

3 캘리코 소재의 드레스를 입은 여성들이 참석하는 무도회를 말한다. 캘리코(calico)란, 꽃무늬를 날염하거나 아무 무늬도 넣지 않은 값싼 면직물을 두루 일컫는 말이다. (역자 주)

고 상냥한 부인으로 과거와 현재를 막론한 유명인사들과 두루 교류하고 있다. 몸집이 풍만하며 다른 사람들이 말을 하지 못하도록 급히 서둘러 말한다. 흡연자다.

클린겐 남작(코코) 페테르부르크 대학 출신으로 대사관에서 근무하는 궁정 시종보다 행실이 매우 correct[4]하며 평정심과 은근한 유쾌함을 지니고 있다.

귀부인

노신사 (대사 없음)

세르게이 이바노비치 사하토프 50세 안팎의 전직 차관이다. 점잖은 신사로 유럽식 교육을 두루 받았다. 현재는 별다른 직업이 없지만, 세상만사에 관심이 많다. 매사 품위 있는 태도로 일관하며 다소 엄격해 보이기까지 한다.

표도르 이바느이치 60세를 바라보는 나이의 집사다. 적정 수준의 교육을 받았으며 늘 배움을 열망한다. pince-nez와 손수건을 지나치게 많이 사용하며, 특히 손수건을 찬찬히 펼치는 버릇이 있다. 정치에 민감하다. 총명하고 선량한 사람이다.

---

4 예의 바른 (프랑스어)

그리고리   하인. 28세 안팎의 잘생긴 청년으로 방탕하고 샘이 많으며 대담하다.

야코프   40세 안팎의 식당 관리 담당 하인으로, 늘 분주하게 움직이고 마음씨가 좋다. 시골에 사는 가족이 삶의 유일한 이유다.

세묜   야코프를 보조하는 하인으로 나이는 20세 안팎이다. 건강하고 생기발랄한 금발의 시골 청년이며 얼굴에는 아직 수염도 나지 않았다. 성격은 차분하고 미소를 잃지 않는다.

마부   35세 안팎으로 외모에 신경을 많이 쓰는 남자다. 수염은 콧수염만 기른다. 성격이 거칠고 단호하다.

파벨 페트로비치   예전에 즈베즈딘체프가에서 일했던 요리사다. 45세 안팎으로 머리는 헝클어져 있고 면도를 하지 않은 누런 얼굴은 퉁퉁 부어 있다. 무명천 소재의 낡은 여름용 코트와 꼬질꼬질한 바지를 입고 너덜너덜한 신을 신은 채 몸을 떨며 쉰 목소리로 말한다. 마치 무언가에 걸리기라도 한 듯 가까스로 말을 내뱉는다.

루케리야   현재 즈베즈딘체프가에서 일하고 있는 요리사로 수다스럽고 매사에 불평불만이 많은 30세 안팎의 여자다.
문지기 퇴역 군인이다.
타냐 하녀. 열정적이고 강인하고 명랑하지만, 기분이 시시각각 변하는 19세 안팎의 소녀. 기분이 좋아져 크게 들뜨면 꺅하고 비명을 지른다.
농부1 60세 안팎의 노인으로 촌장을 지냈다. 지주를 어떻게 다뤄야 하는지 안다고 자부하고 있으며 사람들이 본인의 얘기를 경청하는 것을 좋아한다.
농부2 45세 안팎의 가장으로 투박하지만 정직한 성격이다. 불필요한 말은 하지 않는다. 세몬의 아버지다.
농부3 70세 안팎의 노인으로 짚신을 신고 다닌다. 신경질적이고 산만하며 성미가 급하다. 소심하지만 본인의 소심함을 감추려고 말을 많이 한다.
대솔하인[5]**1** 백작부인을 수행하는 하인이다. 옛 가르침을 중요하게 여기는 노인으로 하인으로서의 자부심이 투철하다.
대솔하인2 노신사를 수행하는 하인이다. 키가 크고 몸집이 건장하며 행동이 거칠다.

---

5 帶率下人. 주인이 외출 시 거느리고 다니는 하인, 즉 외출 시 주인을 수행하는 하인을 말한다.(역자 주)

급사	양장점에서 잔심부름을 하는 사람이다. 남색 반코트를 입고 있으며 얼굴은 깨끗하고 혈색이 좋다. 단호하고 당당하고 명확하게 말한다.

제1막

모스크바의 즈베즈딘체프가(家) 저택.

모스크바 대저택의 전실(前室). 문이 세 개 있는데, 각각 바깥으로 나가는 현관문, 레오니드 표도로비치의 서재문, 바실리 레오니드이치의 방문이다. 위층 내실로 올라가는 계단이 있고, 계단 뒤편에는 식당으로 이어지는 통로가 있다.

제 1 장

젊고 잘생긴 하인 그리고리가 거울을 들여다보며 매무새를 다듬고 있다.

그리고리   이, 아까운 내 콧수염! (안나 파블로브나의 말투를 흉내내며) '하인이 웬 콧수염이야?' 쳇, 왜 이런 말을 했겠어? 하인이면 하인답게 보여라 이거지. 그 귀하디귀하신 도련님보다 잘나면 안 되거든. 근데 이 봐봐! 콧수염을 밀어 놔도 내가 훨씬 나은데… (미소를 머금은 채 거울 속의 얼굴을 찬찬히 뜯어

본다) 나 좋다는 여자들이 줄을 섰다고! 근데 타냐 고것만큼 마음에 드는 애는 없다니깐! 고작 하녀 주제에! 하긴! 이 댁 아씨보단 낫지. (미소를 짓는다) 귀여운 것! (귀를 기울인다) 어, 타냐다! (미소를 짓는다) 그래, 저 또각또각 발소리… 우와!

제 2 장

　짧은 모피 코트와 구두를 들고 등장한다.

그리고리　아이고, 아씨, 납시셨습니까!
타냐　아니, 종일 거울만 붙들고 있을 거예요? 자기가 되게 멋있는 줄 알죠?
그리고리　왜, 못생겼어?
타냐　뭐, 잘생긴 것도 아니고 못생긴 것도 아닌 게, 애매하네요. 근데 웬 모피 코트가 이렇게 잔뜩 걸려 있죠?

그리고리   아이고, 금방 치우겠습니다요. 아씨. (모피 코트 하나를 집어 들어 타냐에게 덮어씌워 끌어안는다) 타냐, 내가 말이야…

타냐   정말 미쳤나 봐! 어딜 들러붙는 거예요? (매몰차게 몸을 뿌리친다) 그만 좀 하라니까요!

그리고리   (주변을 두리번거린다) 키스 한 번만 해 줘.

타냐   왜 이렇게 들러붙어요, 정말? 키스는 무슨… 이럴 땐 매가 약이지! (한 대 치려는 듯 손을 번쩍 치켜든다)

바실리 레오니드이치   (무대 뒤편에서 벨이 울리고 이어서 고함 소리가 들려온다) 그리고리!

타냐   얼른 가 봐요. 도련님이 부르시잖아요.

그리고리   좀 기다리라지, 뭐. 이제 막 눈만 겨우 떴을걸? 근데 도대체 왜 날 사랑해 주지 않는 거야?

타냐   이제 사랑놀이를 하시겠다? 난 아무도 사랑하지 않아요.

그리고리   거짓말, 너 세묜 사랑하잖아. 왜 하필이면 식당일이나 거드는 보잘것없는 그런 자식을 고른 거야?

타냐   그래요, 그 사람이 보잘것없다고 쳐요. 근데 웬 질투?

바실리 레오니드이치 (무대 뒤편에서) 그리고리!

그리고리   지금 간다, 가! 맞아, 이거 질투야! 너 이제 겨우 봐 줄만한데 왜 하필 그딴 놈이랑 엮이냐고? 날 사랑했어야지… 타냐…

타냐   (화를 내며 단호하게) 분명히 말하는데, 꿈도 꾸지 말아요.

바실리 레오니드이치 (무대 뒤편에서) 야! 그리고리!

그리고리   아주, 요조숙녀 나셨네.

바실리 레오니드이치 (무대 뒤편에서 끈질기게 똑같은 톤으로 목청껏 외친다) 그리고리! 그리고리! 그리고리!

타냐와 그리고리가 웃는다.

그리고리   얼마나 대단한 여자들이 날 좋아했다고!

벨이 울린다.

타냐   네, 네, 그 여자들한테나 가 보세요. 귀찮게 좀 하지 말구요.

그리고리   왜 이렇게 바보 같아? 난 세몬 같은 자식이랑은 다

르다구.

타냐 네, 다르죠. 세몬은 결혼을 바란다구요. 바보 같은 불장난이 아니라.

제 3 장

드레스가 담긴 커다란 마분지 상자를 든 급사가 등장한다.

급사 밤새 안녕들 하셨습니까요!

그리고리 안녕하세요. 어디서 오셨습니까?

급사 부르디예에서 왔습니다. 드레스와 함께 여기 주인 마님께 드릴 전갈을 가지고 왔습니다.

타냐 (쪽지를 받는다) 여기 잠깐 앉아 계세요. 제가 갖다 드릴게요. (퇴장한다)

제 4 장

　잠옷[6]과 슬리퍼 차림의 바실리 레오니드이치가 방문을 열고 등장한다.

바실리 레오니드이치　그리고리!
그리고리　예, 지금 갑니다!
바실리 레오니드이치　그리고리! 귀라도 먹은 거야?
그리고리　저 이제 막 왔어요
바실리 레오니드이치　뜨거운 물이랑 차 좀 가져와.
그리고리　세몬이 바로 대령할 겁니다.
바실리 레오니드이치　이건 뭐지? 부르디예에서 보낸 건가?
급사　맞습니다요.

　바실리 레오니드이치와 그리고리가 퇴장하고 초인종이 울린다.

6　원문의 표현은 '루바쉬카(рубашка/rubashka)'로 긴 셔츠 형태의 잠옷을 말한다.(역자 주)

제 5 장

타냐가 등장하여 초인종 소리를 따라 달려가 현관문을 연다.

타냐　(급사에게) 잠시만 기다리세요.
급사　예, 기다리고 있습니다요.

제 6 장

사하토프가 현관문으로 들어온다.

타냐　죄송한데, 여기서 일보는 하인이 잠깐 자리를 비웠어요. 이쪽으로 드세요. 제가 도와드릴게요. (코트를 벗긴다)
사하토프　(옷매무새를 매만진다) 주인 나리께서는 집에 계시지? 일어는 나셨고?

초인종이 울린다.

타냐   그럼요, 벌써 일어나셨죠!

제 7 장

의사가 등장한다.

의사   (시중들 하인을 찾다가 사하토프를 발견하자 거드름을 피우며 말한다) 어라? 안녕하십니까!

사하토프   (유심히 바라본다) 의사 양반?

의사   어디 외국에 계시는 줄 알았습니다. 레오니드 표도로비치 씨 뵈러 오셨습니까?

사하토프   예. 그러는 의사 양반은 무슨 일로 오셨습니까? 이 댁에 환자라도 있습니까?

의사   (키득거린다) 환자가 있는 게 아니라, 아실지 모르지만, 요샌 이 마나님들 때문에 큰일입니다! 이 댁 사모님도 매일 새벽 세 시까지 카드 게임을 하질 않나 와인 잔처럼 허리를 꽉 졸라매질 않나… 몸에 탄력도 없어지고 풍풍한 데다가 연세도 있는데 말이죠.

사하토프 이 댁 사모님께도 그렇게 말씀하십니까? 언짢아하실 것 같군요.

의사 (웃음을 터뜨린다) 뭐, 사실인 걸요. 별 웃기는 짓은 다 해놓고는 소화가 안 된다는 둥, 간에 무리가 간다는 둥, 신경이 예민하다는 둥, 온갖 난리를 치면 우린 또 그걸 고쳐 주죠. 큰일입니다, 큰일! (키득거린다) 근데 차관께서는 어쩐 일이십니까? 차관께서도 심령론자십니까?

사하토프 저요? 아닙니다, 심령론자라니, 무슨… 자, 그럼 실례하겠습니다! (자리를 뜨려고 하지만, 의사가 붙잡는다)

의사 아니, 크루고스베틀로프 교수님 같은 분까지 참여하시는 마당에 저도 그걸 완전히 부정하지는 않습니다. 암요, 부정할 순 없죠! 유럽에서도 알아주는 교수님 아닙니까. 분명 뭔가 있겠죠. 저도 한번 보고 싶긴 한데, 바빠서 시간이 영 안 나네요.

사하토프 예, 그러시군요. 그럼 실례하겠습니다! (가볍게 목
 례를 하고 퇴장한다)
의사 (타냐에게) 주인마님 일어나셨지?
타냐 침실에 계세요. 어서 들어가 보세요.

사하토프와 의사, 서로 반대 방향으로 퇴장한다.

제 8 장

표도르 이바느이치가 신문을 들고 등장한다.

표도르 이바느이치 (급사에게) 댁은 뉘시오?
급사 부르디예에서 드레스와 전갈을 가지고 왔습니다.
 기다리라고 하셔서…
표도르 이바느이치 아, 부르디예! (타냐에게) 방금 누가 왔었
 어?
타냐 사하토프 씨요. 의사 선생님도요. 두 분이 여기서

　　　　　　　　잠깐 말씀을 나누셨어요. 뭐라더라? 신령론이라나 뭐라나…

표도르 이바느이치　(타냐의 말을 바로 잡는다) 심령론.

타냐　네, 그거요, 신령론. 근데 집사님, 먼젓번에 했던 신령회가 잘 됐다는 얘기 들으셨죠? (웃음을 터뜨린다) 누가 막 두드리는 소리도 나고 온갖 것들이 막 날아다녔다던데.

표도르 이바느이치　근데 네가 그걸 어떻게 알아?

타냐　벳시 아씨가 그러시던데요?

제 9 장

식당일을 담당하는 하인 야코프가 차가 담긴 유리잔을 들고 허겁지겁 들어온다.

야코프　(급사에게) 안녕하세요!

급사　(풀이 죽은 채) 안녕하세요.

야코프가 바실리 레오니드이치의 방문을 노크한다.

제 10 장

그리고리가 등장한다.

그리고리 이리 주세요. (야코프가 들고 있던 유리잔을 받아 든다)

야코프 너 어제 도련님 방에 들어간 잔들이랑 쟁반도 아직 안 갖고 왔어. 나중에 나만 한소리 듣는다고.

그리고리 쟁반이 온통 도련님 담배 차지라서요.

야코프 그럼 직접 좀 치우든가. 꾸중은 나만 듣잖아.

그리고리 갖다줄게요, 갖다준다구요!

야코프 갖다준다고 말만 하고 코빼기도 안 내민 게 누군데? 요전에도 차 내가려고 찾았는데 뭐가 있어야 말이지.

그리고리 거참, 갖다준다니까요. 왜 이렇게 난리세요?

야코프 하이고, 누구는 입만 살아서 좋겠네. 난 벌써 차만 세 번째 내오고 이제 아침도 차려야 하는데… 진종일 이리 뛰고 저리 뛰는 거 안 보여? 이 집에서 나보다 일 많이 하는 사람 있으면 나와 보라 그래! 근데도 꾸중은 맨날 나만 듣잖아!

그리고리 네, 네, 아저씨가 최고예요! 아주 훌륭하십니다요!

타냐 당신 눈엔 당신만 잘난 줄 알죠?

그리고리 (타냐에게) 누가 물어봤어? (퇴장한다)

제 11 장

야코프 아이고, 넌 괜찮아, 타냐. 근데 주인마님께서는 어제 일에 대해서 아무 말씀도 없으셨지?

타냐 그 램프 말씀이세요?

야코프 아니, 그게 왜 손에서 미끄러졌는지 도무지 모르겠다니까. 그냥 살살 닦다가 다른 손으로 바꿔서 잡으려고 했는데 쓱 미끄러지더니… 그만 산산조각이 났지 뭐야! 나는 참 재수도 없지! 그리고리 저 친구야 딸린 식구가 없으니까 아무 말이나 할 수 있지만, 딸린 식구가 있으면 다르다니까! 생각할 것도 많고 식구들도 먹여 살려야 하니까. 그깟 고생쯤은 아무것도 아니야. 아무 말씀도 없으셨다구? 아이고, 다행이다! 근데, 집사님, 찻숟가락 몇 개 가져가셨죠? 한 갭니까, 두 갭니까?

표도르 이바느이치   한 개야, 한 개. (신문을 읽는다)

야코프가 퇴장한다.

제 12 장

초인종이 울린다. 쟁반을 든 그리고리와 문지기가 등장한다.

문지기   (그리고리에게) 시골에서 웬 농부들이 왔어. 주인 나리께 말씀 좀 전해줘.

그리고리   (표도르 이바느이치를 가리키며) 집사님한테 말하세요. 저 지금 바쁘다고요. (퇴장한다)

제 13 장

타냐   어디서들 왔대요?
문지기   쿠르스크라나 뭐라나…
타냐   (꺅하고 비명을 지른다) 그분들이에요! 세묜 아버지께서 땅 때문에 오신 거예요. 제가 나가볼게요. (뛰어나간다)

제 14 장

문지기   어떻게 할까요? 안으로 들일까요? 땅 때문에 왔다

면서 주인 나리께서도 아신다고 그러던데…

표도르 이바느이치   맞아, 땅 산다고 온 사람들이야. 그러면 말이지, 지금은 손님이 계시니까 좀 기다리라고들 해.

문지기   어디서요?

표도르 이바느이치   마당에서 기다리라고 해. 때가 되면 부른다고.

문지기가 퇴장한다.

제 15 장

타냐가 등장하고 그 뒤로 농부 세 명이 따라 들어온다. 그리고리도 등장한다.

타냐   오른쪽으로요. 이쪽이에요, 이쪽.

표도르 이바느이치   내가 언제 들이라고 했어?

그리고리   저, 저, 사고뭉치!

타냐 집사님, 괜찮아요. 저쪽 구석에서 얌전히들 계실 거예요.

표도르 이바느이치 바닥 더러워지잖아.

타냐 다들 신발 바닥 잘 닦으셨어요. 그리고 더러워지면 제가 닦으면 되죠. (농부들에게) 자, 여기들 잠깐만 서 계세요.

농부들이 쿨리치[7], 달걀, 수 놓은 수건 등의 선물을 담은 보자기를 각각 들고 들어온다. 어디에다 성호를 그어야 할지 찾다가 결국 못 찾고 계단을 향해 성호를 긋고 표도르 이바느이치에게 허리를 숙여 인사를 하고 이내 허리를 펴고 곧게 선다.

그리고리 (표도르 이바느이치에게) 집사님! 피로네 씨네 구두가 최고라더니 이 양반이 신고 있는 부츠가 훨씬 멋지지 않습니까? (세 번째 농부의 부츠를 가리킨다)

표도르 이바느이치 아니, 넌 왜 그렇게 맨날 사람을 놀려 먹냐?

그리고리 퇴장한다.

---

7 кулич(kulich) 부활절을 맞아 만드는 빵이나 케이크로, 러시아에서는 일반적으로 높은 원기둥 모양으로 만들어 윗부분에 시럽을 얹는다.(역자 주)

제 16 장

표도르 이바느이치   (자리에서 일어나[8] 농부들에게 다가간다) 쿠르스크에서 오셨다죠? 땅을 사신다고요?

농부1   예, 맞습니다요. 저희는… 그러니까… 그 뭐냐… 땅을 파신다 하여 왔는데… 주인 나리껜 어떻게 아뢸깝쇼?

표도르 이바느이치   네, 네, 알고 있습니다. 여기서들 기다리세요. 제가 지금 주인 나리께 말씀드리겠습니다. (퇴장한다)

제 17 장

농부들은 선물을 어디다 놓아야 할지 몰라 두리번거린다.

---

8 원문상 이전에 표도르 이바느이치가 어딘가에 앉았다는 지문은 없으나, 이 지문의 동사 표현으로 미루어 보아 어느 순간 어딘가에 앉는 행위가 있었음을 알 수 있다.(역자 주)

농부1   아 참, 그게 있을라나? 그러니까 그 뭐더라… 이런 거 밑에다가 받치는 거 있잖아. 그래도 격식은 갖춰야 하지 않겠어? 접시 같은 게 있으면 좋겠는데…

타냐   아, 잠시만요. 이리들 주세요. 일단은 여기에 이렇게 둘게요. (선물을 받아 긴 나무 의자 위에 올려놓는다)

농부1   근데 방금 우리한테 말 기셨던 저분은 뉘신고?

타냐   우리 집사님이세요.

농부1   그래, 딱 보니 집사구먼. 이 집 일 봐주는 사람이었네. (타냐에게) 아가씨도 여기서 일해?

타냐   네, 맞아요. 근데 저도 고향이 데멘이에요. 저 어르신 알아요. 어르신도요. (농부3을 가리키며) 이 어르신만 첨 봬요.

농부3   어허, 저 두 친구는 알아보면서 나만 몰라봐?

타냐   어르신은 존함이 예핌 안토느이치시죠?

농부1   그렇구말구.

타냐   어르신 존함은 자하르 트리포느이치시고, 세묜 아버지시구요?

농부2   옳지.

농부3 나로 말할 것 같으면 미트리 칠리킨이지. 이제 알아보겠어?

타냐 어르신은 이제부터 잘 알아 모실게요.

농부2 아가씬 뉘 집 딸이야?

타냐 엄마는 악시니야라고 하는데 돌아가셨어요. 군인이셨던 아빠도 돌아가셔서 지금은 저 혼자예요.

농부1과 농부3 (놀라면서) 그래?

농부2 단돈 몇 푼짜리 새끼 돼지도 호밀밭에 풀어놓으면 토실토실 잘만 큰다더니 옛말 틀린 거 하나도 없네요.

농부1 그렇구말구. 도시서 살더니 그냥 도시 처녀 같네.

농부3 그러게 말이야. 원, 세상에!

바실리 레오니드이치 (무대 뒤편에서 벨을 울린 뒤 소리친다) 그리고리! 그리고리!

농부1 저 사람은 뉘길래 저렇게 성이 났어?

타냐 이 댁 도련님이요.

농부3 원 세상에. 그러게 내가 그냥 밖에서 기다리자고 했잖아.

침묵이 흐른다.

농부2   세묜이 색시 삼겠다던 아가씨가 자네였어?

타냐   어머, 그이가 편지라도 보낸 거예요? (앞치마로 얼굴을 가린다)

농부2   그랬지. 편지를 보냈지! 근데 이렇게 하면 안 되지. 이런 게을러빠진 녀석!

타냐   아녜요, 게을러빠지다뇨? 지금 오라고 할까요?

농부2   오라고 하긴, 뭘. 급할 게 뭐 있어, 남는 게 시간인데!

바실리 레오니드이치 (목청껏 소리를 지른다) 그리고리! 이 망할 놈의 자식!

제 18 장

잠옷 차림에 pince-nez를 쓴 바실리 레오니드이치가 방에서 나온다.

바실리 레오니드이치 다들 땅속으로 꺼지기라도 한 거야?

타냐   그리고리 없어요, 도련님…. 제가 금방 불러올게

요. (문을 향해 간다)

바실리 레오니드이치 말소리 다 들린다고. 이 궁상맞은 할배들은 또 뭐야? 응? 뭔데?

타냐 쿠르스크에서 오신 농부 어르신들이세요, 도련님.

바실리 레오니드이치 (급사를 가리키며) 이 자는 누군데? 아, 그렇지, 부르디예에서 온 사람!

농부들이 허리를 굽혀 인사하지만, 바실리 레오니드이치는 거들떠보지도 않는다.

그리고리와 타냐가 문가에서 마주치고 타냐는 문가에 서 있는다.

제 19 장

그리고리가 등장한다.

바실리 레오니드이치 내가 그 구두 달라고 했잖아. 이걸 어떻게 신으라고!

그리고리　아니, 거기 있잖아요.

바실리 레오니드이치　대체 어디 있다는 거야?

그리고리　아, 거기 있다니까요.

바실리 레오니드이치　없다니까!

그리고리　아휴, 같이 가 보자구요.

바실리 레오니드이치와 그리고리가 퇴장한다.

제 20 장

농부3　저기… 그게… 지금은 때가 안 좋은 것 같으니까 문간방에서 잠깐 기다리는 게…

타냐　아녜요, 괜찮아요. 여기 계세요. 제가 선물 담을 접시 금방 가져다 드릴게요. (퇴장한다)

제 21 장

사하토프와 레오니드 표도로비치가 등장하고 그 뒤로 표도르 이바느이치가 따라 들어온다.

농부들이 선물을 집어 들고 자세를 바로잡는다.

레오니드 표도로비치 (농부들에게) 잠깐만 기다려요들… 잠깐만. (급사를 가리키며) 이 자는 누구지?
급사 부르디예에서 배달 왔습니다.
레오니드 표도로비치 아, 부르디예!
사하토프 (미소를 지으며) 저도 부정하는 건 아닙니다. 하지만 이건 인정하셔야 해요. 우리처럼 잘 모르는 사람은 중위님께서 말씀하신 그 모든 걸 직접 보지 않고서는 믿기가 어렵다고요.
레오니드 표도로비치 자꾸만 못 믿겠다고 하시는데, 믿어 달라는 게 아니라, 잘 따져 보라는 말씀입니다. 이 반지를 보고도 못 믿으시겠어요? 제가 직접 거기서 받은 거라니까요.
사하토프 거기라니요? 거기가 어딥니까?

레오니드 표도로비치 그야 당연히 저세상이죠.

사하토프 (미소를 지으며) 정말 재밌군요. 아주 흥미로워요!

레오니드 표도로비치 절 보시고 세상에 존재하지도 않는 걸 상상하는 망상에 빠진 사람이라고 생각하셔도 좋습니다. 근데 크루고스베틀로프 교수는요? 그냥 아무나가 아니라 교수라는 사람이 인정하고 있지 않습니까. 크루고스베틀로프 교수만 그러는 게 아닙니다. 크룩스[9]는 어떻고요? 또 월리스[10]는요?

사하토프 아니, 저도 부정하는 게 아니라니까요. 그저 아주 흥미롭다고 말씀드리는 것뿐입니다. 궁금하군요. 크루고스베틀로프 교수는 어떻게 설명하던가요?

레오니드 표도로비치 그분 나름의 원리가 있다니까요! 그러니까 오늘 저녁에 오세요. 크루고스베틀로프 교수도 반드시 올 겁니다. 일단 그로스만이 먼저 올 거예요. 아시죠? ㄱ 왜 유명한 최면술사 있잖습니까.

사하토프 네, 들어는 봤는데 한 번도 본 적은 없습니다.

레오니드 표도로비치 그러니까 오시라니까요. 일단 그로스만이

---

9 당대 영국의 화학자 겸 물리학자인 윌리엄 크룩스 경(Sir William Crookes, 1832-1919)을 지칭하는 것으로 추정된다.(역자 주)

10 당대 영국의 박물학자 겸 진화론자 앨프리드 러셀 월리스(Alfred Russel Wallace, 1823-1913)를 지칭하는 것으로 추정된다.(역자 주)

먼저 오고 그다음에는 캅치치가 올 겁니다. 그렇게 해서 오늘 저녁에 우리 집에서 심령회를 열 건데요… (표도르 이바느이치에게) 캅치치한테 보낸 친구는 아직이야?

표도르 이바느이치 아직 안 왔습니다.

사하토프 그럼 그런 것들을 제가 어떻게 하면 알 수 있습니까?

레오니드 표도로비치 그러니까 오십시오. 일단 오세요. 캅치치가 못 오더라도 우리가 아는 영매가 또 있습니다. 마리야 이그나티예브나라는 여잔데, 캅치치만큼 빙의력이 강하진 않지만, 그런대로 나쁘진 않아요…

제 22 장

타냐가 선물 담을 접시를 가지고 들어오면서 대화를 귀담아듣는다.

사하토프   (미소를 지으며) 네, 네, 알겠습니다. 근데 하나만 묻죠. 어째서 영매는 죄다 지식층에서 나오는 겁니까? 캅치치라는 분도 그렇고, 마리야 이그나티예브나도 그렇고요. 그게 정말로 특별한 능력이라면 평민들이나 농부들에게도 있어야 하는 거 아닙니까?

레오니드 표도로비치   그런 경우도 있습니다. 흔한 일이기도 한데, 우리 집 식당에서 일하는, 시골에서 온 하인도 알고 보니 영매였지 뭡니까. 요전에는 심령회를 열던 중에 부른 적도 있었어요. 망령을 불러내 소파를 옮기는 데 열중하다 보니 다들 그 친구가 왔다는 걸 깜빡했죠. 그사이 그 친구는 잠이 들었던 모양입니다. 근데 무슨 일이 있었는지 아십니까? 심령회도 다 끝나고 캅치치도 깨어났는데, 그 친구가 있었던 저쪽 방 구석에서 갑자기 빙의 현상이 시작되는 거예요. 책상이 흔들리더니 움직이기 시작하는 겁니다.

타냐   (방백) 내가 책상 밑에서 기어 나왔을 때 얘기잖아.

레오니드 표도로비치   그 친구도 분명 영매입니다. 게다가 얼굴이 꼭 흄[11]같다니까요. 흄 아시죠? 그 왜 금발에 순진하게 생긴…

사하토프 (어깨를 으쓱이며) 그렇군요. 정말 흥미롭네요! 그럼 그 친구를 영매로 활용하시면 되겠네요.

레오니드 표도로비치 그래야지요. 근데 그 친구 말고도 또 있습니다. 영매는 차고 넘치는데, 우리가 모를 뿐이죠. 요전에도 어떤 병든 노파가 돌벽을 움직였다니까요.

사하토프 돌벽을요?

레오니드 표도로비치 네, 그렇다니까요. 그 노파는 그냥 침대에 누워 있었고 자기가 영매라는 걸 꿈에도 몰랐습니다. 근데 노파가 손으로 벽을 짚었더니 벽이 밀리는 거예요.

사하토프 벽이 허물어지지는 않았고요?

레오니드 표도로비치 그러진 않았습니다.

사하토프 거참, 이상도 하군요! 그렇다면 이따 저녁에 와 보겠습니다.

레오니드 표도로비치 예, 꼭 오십시오! 심령회는 무조건 열릴 겁

---

11 당대 유럽에서 영매로 활동하던 다니엘 던글라스 흄(Daniel Dunglas Home, 1833–1886)을 지칭하는 것으로 추정된다. 흄은 공중부양과 비접촉 물체이동 등의 심령 현상을 시연하여 프랑스, 러시아, 독일 등의 황실 및 귀족 사회에서 명성을 얻었던 인물이다.(역자 주)

니다.

사하토프가 외투를 챙겨 입는다. 레오니드 표도로비치가 사하토프를 배웅한다. 사하토프가 퇴장한다.

제 23 장

급사 (타냐에게) 주인마님께 좀 빨리 전해 주세요! 저 이러다 여기서 밤 새겠어요.

타냐 조금만 기다리세요. 주인마님께서 곧 아씨랑 외출하실 거라서 금방 나오실 거예요. (퇴장한다)

제 24 장

레오니드 표도로비치 (농부들에게 다가가자, 농부들은 허리를 굽혀 인사하고 선물을 내민다) 하이고, 됐소이다!

농부1 (미소를 지으며) 당연히 이게 먼저입죠. 우리 마을 사람들 뜻이기도 합니다요.

농부2 원래 다 그런 법입죠.

농부3 암요, 저희가 정말 감사해서 그럽니다요… 저희 부모들께서, 말하자면, 나리의 부모님을, 그 뭐냐, 섬겼듯이 저희도 마음에서 우러나서 이러는 거지 잘 보이려고 그러는 건 절대로…

레오니드 표도로비치 아니, 왜들 이럽니까? 바라는 게 뭔지 말해 보세요.

농부1 모쪼록 잘 좀 봐 주십사 하는 겁니다요.

제 25 장

코트 차림의 페트리셰프가 뛰어 들어온다.

페트리셰프 바실리, 너 일어났지? (레오니드 표도로비치를 보자 고개만 까딱하며 인사한다)
레오니드 표도로비치 바실리 보러 왔나?
페트리셰프 저요? 네, 잠깐 바실리 그 친구한테 볼일이 있어서…
레오니드 표도로비치 자, 어서 들어가 보게, 어서.

페트리셰프가 코트를 벗고 급히 들어간다.

제 26 장

레오니드 표도로비치 (농부들에게) 그래요. 자, 그래서 뭘 어쩌

겠다는 겁니까들?

농부2 부족하지만 저희들 성의라고 생각하시고 받아 주십쇼.

농부1 (미소를 지으며) 그러니까, 이 촌놈들의 성의입죠.

농부3 암요, 별거 아닙니다요. 그저 제 친애비에게 올린다는 마음으로 준비한 것들입니다요. 암요, 그렇구 말구요.

레오니드 표도로비치 뭐, 알겠소이다… 표도르, 받게.

표도르 이바느이치 자, 이리들 주시오. (선물을 받아 든다)

레오니드 표도로비치 그래, 용건이 뭐요?

농부1 나리를 뵈러 왔습죠.

레오니드 표도로비치 날 보러 온 건 알겠소만, 뭣 때문에 온 게요들?

농부1 땅을 파신다 하여 거래를 좀 성사시키면 어떨까 해서…

레오니드 표도로비치 그러니까 댁들이 땅을 사겠다 이 말이오?

농부1 그렇구말구요. 제 말씀이 그 말씀입니다요. 그러니까, 그 뭐냐, 그… 토지 소유권을 매입하려고 합니다요. 저희 마을에서, 그 뭐냐, 국영 은행을 통해서 정해진 금액을 치르고 인지도 붙여서 법적인 절차를 밟으라고 저희를 대표로 보냈습니다요.

레오니드 표도로비치 그러니까 댁들이 은행을 끼고 땅을 사려고 한다 이 말이오?

농부1 제 말씀이 그 말씀이다요. 작년에 나리께서 제안하신 조건 그대로 말입죠. 그러니까 나리께서 그때 그… 토지 소유권 매입 금액으로 총 32,864루블[12]을 제안하셨습니다요.

레오니드 표도로비치 금액은 맞소만, 잔금은 어떻게 치를 겁니까?

농부1 저희 마을에서는 작년에 얘기됐던 대로 잔금을 나눠서 치르자고 합니다요. 그러니까 법대로 계산해서 일단은 4천 루블을 전부 현찰로 드릴까 합니다요.

농부2 4천 루블 먼저 받으시고 나머지는 조금 기다려 주십쇼.

농부3 (돈을 꺼내면서) 그럼요, 안심하셔도 됩니다요. 저희가 목숨을 걸고서라도 어영부영 넘기지 않고 그야말로… 그… 제대로 처리하겠습니다요.

레오니드 표도로비치 내가 분명히 편지로 썼을 텐데요. 전액을 챙겨 와야만 거래를 할 거라고 말이오.

---

12 рубль / rubl' – 러시아의 화폐 단위.(역자 주)

농부1 예, 그렇구말구요. 그렇게 하면 얼마나 좋겠습니까만, 저희가 도저히 그럴 형편은 안됩니다요.

레오니드 표도로비치 그럼 어쩌자는 얘기요?

농부1 저희 마을에서는, 말하자면 작년처럼 대금 지불을 좀 늦게 해도 괜찮다고 해주시길 기대하고 있기는 한데…

레오니드 표도로비치 그거는 작년 일이잖소. 그때는 그러마 했지만, 지금은 안 되는 일이거늘…

농부2 아니, 무슨 말씀이십니까요? 작년에 그리 말씀하셔서 저희는 서류도 준비하고 돈도 이렇게 모아 놨는데.

농부3 제발 사정 좀 봐 주십쇼, 나리. 저희가 땅이 모자라서 소는커녕 닭 한 마리 풀어놓을 데도 없습니다요. (허리를 굽혀 절을 한다) 부디 저희를 굽어 살펴 주십쇼, 나리! (허리를 굽혀 절을 한다)

레오니드 표도로비치 아니, 뭐, 그렇다고 칩시다. 작년에는 내가 기한을 연기해 준 게 맞소. 허나 금년에는 사정이 달라지는 바람에… 지금은 그게 곤란하단 말이외다.

농부2 이 땅이 없으면 저희는 못 삽니다요.

농부1 그렇구말구요. 이 땅이 없으면 저희는 먹고살 게 없어지고, 그러다 결국 망하고 말 겁니다요.

농부3 (허리를 굽혀 절을 한다) 나리! 땅이 모자라서 소는커녕 닭 한 마리 풀어놓을 데도 없습니다요. 나리! 저희 사정 좀 봐 주십쇼. 이 돈을 받아 주십쇼, 나리.

레오니드 표도로비치 (서류를 훑어보며) 알겠소이다. 나도 여러분들의 사정을 봐 주고 싶은 마음은 굴뚝같소이다. 잠깐만 기다리시오들. 내 30분 후에 답을 드리리다. 표도르, 아무도 들이지 말라고 하게.

표도르 이바느이치 잘 알겠습니다.

레오니드 표도로비치가 퇴장한다.

제 27 장

농부들이 낙담에 빠져 있다.

농부2 거참, 야단났네요! 값을 한꺼번에 치르라니, 그 많은 돈을 지금 어디서 구하냐구요.

농부1 작년에 괜히 헛바람만 들게 해 놓고는… 우린 정말 작년에 했던 얘기만 철석같이 믿고 있었잖아.

농부3 원, 세상에! 괜히 돈까지 꺼냈잖아. (돈을 도로 넣는다) 이제 어떻게 할 거야?

표도르 이바느이치 무슨 문제라도 있습니까?

농부1 아니, 집사 양반, 내 말 좀 들어 보세요. 그러니까 작년에 이 댁 주인 나리께서 돈을 나눠서 내라고 그러셨어요. 그래서 우리 마을에서도 그렇게 하기로 하고 우리가 이렇게 대표로 온 겁니다. 근데 이제 와서 갑자기 그 큰 돈을 한꺼번에 내라고 하시는데 우리 형편으로는 도저히 감당이 안 된다 이 말이에요.

표도르 이바느이치 액수가 큽니까?

농부1 지금 수중에 있는 돈이라곤 4천 루블이 답니다.

표도르 이바느이치 그래요? 그럼 힘을 좀 더 써서 더 모아 보시지 않고.

농부1 우리야 최선을 다했죠. 집사 양반, 우리도 할 만큼 한 겁니다.

농부2 아무리 쥐어짜도 돈이 안 나오는 걸 어떡합니까?
농부3 그만한 돈이 있으면 얼마나 좋겠어요? 우리도 정말 있는 것 없는 것 탈탈 털어서 온 거라니까요.

제 28 장

바실리 레오니드이치와 페트리셰프가 문을 열고 등장한다. 두 사람 모두 담배를 피우고 있다.

바실리 레오니드이치 몇 번을 말해? 알았다니까. 내가 어떻게든 해 볼게. 어?
페트리셰프 명심해. 너 그거 못 구해 오면 진짜 망하는 거야!
바실리 레오니드이치 알았다고. 노력해 볼게. 어?
페트리셰프 그래, 알았어. 암튼 꼭 구해 와. 기다린다. (문을 닫고 퇴장한다)

제 29 장

바실리 레오니드이치 (손을 내저으며) 아, 정말 어이가 없네!

농부들이 허리를 굽혀 인사한다.

바실리 레오니드이치 (급사를 바라보며 표도르 이바느이치에게 말한다) 아니, 부르디예에서 왔다는 이 사람 아직도 안 간거야? 우리 집에 들어와서 살림이라도 차리겠대? 이거 봐, 지금 잠까지 든 거지? 어?

표도르 이바느이치 그게 사실은 이 사람이 가져온 전갈을 마님께 전해 드렸더니 당신이 나오실 때까지 기다리라는 분부가 있었습니다.

바실리 레오니드이치 (농부들을 바라보다가 돈을 눈여겨본다) 이건 또 뭐야? 돈이야? 누구한테 주려고? 우리한테? (표도르 이바느이치에게) 이 할배들은 또 누구야?

표도르 이바느이치 쿠르스크에서 온 농민들인데, 땅을 사겠답니다.

바실리 레오니드이치 그래서? 팔았어?

표도르 이바느이치 아니요, 아직 합의를 못 봤습니다. 저분들이 지갑을 영 안 여네요.

바실리 레오니드이치 그래서? 설득을 해야 될 거 아니야. (농부들에게) 저기, 할배들, 땅을 사시겠다고?

농부1 그렇구말구요. 저희가 그 토지 소유권인가 뭔가를, 그러니까 취득, 네 취득하려고 합니다요.

바실리 레오니드이치 그러면 지갑을 좀 여셔야지. 그게 말이야, 농부한테 땅이 얼마나 필요한지 더 잘 아시잖아. 어? 농부한테 땅은 목숨줄이나 마찬가지 아니야?

농부1 그렇구말구요. 농부한테 젤로 필요한 게 땅입죠. 제 말씀이 그 말씀입니다요.

바실리 레오니드이치 내 말이 그 말이야. 그러니까 지갑을 좀 여셔야지. 땅이란 게 뭐야? 그게 그러니까 밀을 줄줄이 심을 수 있는 게 땅 아니겠어? 밀 300푸드[13]를 수확한다고 가정하면 1푸드에 1루블이라고 쳐도 300루블이나 되잖아. 어? 아니, 박하는, 그게 말이지, 1 데샤티나당 1,000루블이나 벌 수 있다

---

13 러시아에서 미터법을 채택하기 전까지 사용했던 무게 단위다. 1 푸드(пуд/pud)는 약 16.38kg으로, 300푸드는 약 4.9톤에 해당한다.(역자 주)

니까.

농부1 그렇구말구요. 지당하십니다요. 뭘 좀 아는 사람이면 온갖 농작물을 거둬들일 수 있을 겁니다요.

바실리 레오니드이치 그러니까 박하 농사는 꼭 해야 된다고. 내가 공부를 좀 했거든. 책에 다 나와 있어. 어떻게, 좀 보여 드려? 어?

농부1 그렇구말구요. 책에서 보셨다니 더 잘 아시겠죠. 배우신 분이신데…

바실리 레오니드이치 그러니까 그냥 사시라니까. 이제 그만 지갑 열고 돈을 내. (표도르 이바느이치에게) 아빤 어디 계셔?

표도르 이바느이치 집에 계십니다. 지금은 방해하지 말라고 하셨습니다.

바실리 레오니드이치 뭐야, 또 귀신한테 묻고 계신 거지? 땅을 팔지 말지도? 어?

표도르 이바느이치 그건 잘 모르겠습니다. 다만 마음을 확실히 정하지 못하시고 자리를 뜨셨습니다.

바실리 레오니드이치 집사는 어떻게 생각해? 아빠한테 돈이 좀 있을까? 어?

표도르 이바느이치 잘은 모르겠지만, 없으실 것 같습니다만.

근데 그건 왜 물으시죠? 도련님 지난 주에도 돈 많이 가져가셨잖아요.

바실리 레오니드이치 사실 그건 개한테 다 써 버렸어. 집사도 알지? 우리가 만든 새 협회에서 페트리셰프를 신규 회원으로 받기로 했거든. 근데 내가 그 친구한테 돈을 빌려서, 이제 내 회비는 물론이고, 걔 회비도 내가 내게 생겼어. 그래야 되는 거잖아? 어?

표도르 이바느이치 새로 만드신 협회가 무슨 협회입니까? 사이클 협회요?

바실리 레오니드이치 아냐, 그게 아니라, 이 새 협회는, 그러니까 말하자면, 아주 중요한 협회야. 회장이 누군지 알아? 알 걸? 어?

표도르 이바느이치 아니, 대체 무슨 협횐데 그러십니까?

바실리 레오니드이치 정통 러시아산 복슬강아지 품종 번식 장려 협회라고, 알시? 어? 사실은 이따가 첫 회의 겸 조찬회가 있는데, 고놈의 돈이 없단 말이야. 아빠한테 졸라 봐야겠어. (문밖으로 퇴장한다)

제 30 장

농부1   (표도르 이바느이치에게) 근데 저분은 누구신가요?

표도르 이바느이치   이 댁 도련님이시오.

농부3   이 집 상속자구먼, 그래. 원, 세상에! (돈을 감춘다) 일단은 이것들 좀 넣어 놔야겠어.

농부1   근데 이 댁 아드님이 군인이라면서요? 기병대에서 큰 공도 세웠다던데…

표도르 이바느이치   아닙니다. 외아드님이셔서 군은 면제를 받았습니다.

농부3   부모님 부양하라고 그런 거구먼. 당연히 그래야지.

농부2   (고개를 절레절레 젓는다) 하이고, 저런 사람이 부양을 잘도 하겠네요. 참 잘도 하겠어요.

농부3   원, 세상에!

제 31 장

바실리 레오니드이치가 등장하고 그 뒤로 레오니드 표도로비치가 서재문을 열고 나온다.

바실리 레오니드이치 아니, 맨날 이런 식이셔. 정말이지, 놀랍다니까요. 언제는 뭐 왜 아무 일도 안 하냐고 하더니만, 진지하고 목적도 고상한 협회가 만들어진 덕분에 마침 할 만한 일이 생겨서 일 좀 하려고 하는데, 그까짓 300루블이 아까우세요?

레오니드 표도로비치 안 된다고 했으면 안 되는 거야. 난 돈 없다.

바실리 레오니드이치 아니, 땅 파셨잖아요.

레오니드 표도로비치 일단 땅은 아직 안 팔았고, 그보다도 귀찮게 좀 하지 말아라. 바쁘다고 했잖아. (문을 쾅 닫고 퇴장한다)

제 32 장

표도르 이바느이치 제가 지금은 때가 안 좋다고 말씀드렸잖습니까.

바실리 레오니드이치 아, 진짜, 이게 무슨 꼴이야! 엄마한테나 가 봐야겠어. 이제 믿을 사람은 엄마밖에 없네. 아빠는 심령론에만 미쳐서 눈뜬 장님이 됐다고. (위층으로 올라간다)

표도르 이바느이치가 신문을 집어 들고 자리에 앉으려고 한다.

제 33 장

벳시와 마리야 콘스탄티노브나가 위층에서 내려온다. 그 뒤로 그리고리가 따라 내려온다.

벳시	마차는 준비됐지?
그리고리	금방 준비될 겁니다.
벳시	(마리야 콘스탄티노브나에게) 얼른 가요, 얼른요! 그 사람 봤어요.
마리야 콘스탄티노브나	그 사람이 누군데요?
벳시	잘 알면서 그러신다. 당연히 페트리셰프죠.
마리야 콘스탄티노브나	그래서 그 사람은 어디 있는데요?
벳시	오빠 방에요. 확실하다니까요.
마리야 콘스탄티노브나	근데 만약 그 사람이 아니면 어쩌죠?

농부들과 급사가 허리를 굽혀 인사한다.

벳시	(급사에게) 부르디예에서 드레스 가지고 온 사람?
급사	예, 맞습니다. 이제 가 봐도 될까요?
벳시	전 몰라요. 엄마가 알아서 하실 거예요.
급사	어느 분께 드려야 할지 저는 잘 모릅니다. 전 그냥 이 댁에 가져다드리고 돈 받아 오라는 지시만 받았거든요.
벳시	뭐, 그럼 기다려 보세요.

마리야 콘스탄티노브나 이거 그 단어 맞추기 게임[14]용 의상이죠?

벳시 맞아요, 아주 멋진 옷이에요. 근데 엄마는 이걸 받지 않겠다고 하세요. 돈도 안 내시겠대요.

마리야 콘스탄티노브나 어머, 왜요?

벳시 그건 우리 엄마한테 직접 물어보세요. 오빠가 개한테 쓰는 500루블은 하나도 안 아까워하면서, 제 옷값 100루블은 아까워하는 분이세요. 후줄근하게 입고 그 게임을 어떻게 하겠어요? (농부들을 가리키며) 근데 이분들은 누구셔?

그리고리 농부들인데, 무슨 땅을 사겠다네요.

벳시 난 또 사냥꾼들인 줄 알았네. 사냥꾼 아니세요들?

농부1 아이고, 절대 아닙니다, 아씨. 저희는 땅문서 매매 건으로 주인 나리를 뵈러 온 사람들입니다요.

벳시 정말요? 분명 오빠가 사냥꾼 불렀다고 했는데… 정말로 사냥꾼 아니세요들?

농부들이 아무 말도 않는다.

---

14 원문 '샤라다(шарада/sharada)'는 어떤 단어를 음절로 쪼개어 각 음절을 설명하여 단어 전체를 알아 맞추게 하는 게임이다.(역자 주)

벳시	아니 왜 대답들이 없으실까? (바실리 레오니드이치의 방문으로 다가간다) 오빠! (깔깔대며 웃는다)
마리야 콘스탄티노브나	우리 방금 전에 오빠분 만났잖아요.
벳시	네, 네, 기억력 좋아서 좋으시겠어요! 오빠, 방에 있어?

제 34 장

페트리셰프가 등장한다.

페트리셰프	바실리 그 친구는 없지만, 뭐가 필요하시든 제가 대신 해 드리죠. 안녕하십니까! 마리야 콘스탄티노브나 씨도 안녕하세요! (벳시의 손을 세게 잡고 오랫동안 흔든 다음 마리야 콘스탄티노브나와도 똑같이 한다)
농부2	저거 봐요, 펌프질 하는 것도 아니고 저게 뭣들 하는 짓인지, 원.

벳시 오빠를 대신하는 건 불가능하지만, 그래도 아무도 없는 것보단 낫네요. (깔깔대며 웃는다) 오빠한테 무슨 문제라도 있나요?

페트리셰프 문제요? 금전 문제죠. 그러니까 '금' 문제도 있고 '전' 문제도 있는데다가 '금전' 문제도 있답니다.

벳시 '금' 문제, '전' 문제라니, 그게 무슨 뜻이죠?

페트리셰프 그게 핵심입니다! 아무 뜻도 없다는 게 이 말장난에서 가장 중요하죠!

벳시 저런, 이번 말장난은 꽝이네요, 완전 꽝! (깔깔대며 웃는다)

페트리셰프 매번 성공할 수는 없지 않겠습니까? 말장난이란 게 꼭 복권 같습니다. 계속해서 뽑고 또 뽑으면 결국 당첨되거든요.

표도르 이바느이치가 레오니드 표도로비치의 서재로 들어간다.

제 35 장

벳시 어쨌든 이번엔 꽝이에요. 그건 그렇고 어제 저녁에 메르가소프씨 댁에 갔었어요?

페트리셰프 mère Gassof[15] 댁이 아니라 père Gassof[16] 댁에 갔었는데, 사실은 père Gassof 댁도 아니고 fils Gassof'[17] 댁에 갔었죠.[18]

벳시 jeu de mots[19] 좀 그만 하세요. 그것도 병이에요. 근데 집시 공연단[20]도 왔었어요? (웃는다)

페트리셰프 (노래한다) 앞치마에 수탉들, 황금빛으로 빛나는 볏!

벳시 아, 얼마나 좋았을까! 우린 포포네 집에서 따분해 죽는 줄 알았는데…

---

15 '가소프 가문의 안주인'을 의미하는 프랑스어.(역자 주)

16 '가소프 가문의 바깥주인'을 의미하는 프랑스어.(역자 주)

17 '가소프 가문의 아들'을 의미하는 프랑스어.(역자 주)

18 말장난으로 하는 대사: 가소프 안주인 댁이 아니라 가소프 바깥주인 댁에 갔었는데, 사실은 가소프 바깥주인 댁도 아니고 가소프 아들 댁에 갔었죠.

19 말장난 (프랑스어)

20 파티 등의 모임에 집시 공연단을 불러 흥을 돋구는 것이 유행하던 시기다.(역자 주)

계몽의 열매 67

페트리셰프 (계속해서 노래한다) 신께 맹세하고 또 맹세했죠, 나에게 와 달라고… 그 다음이 뭐였더라? 마리야 콘스탄티노브나 씨, 그 다음 가사가 뭐죠?

마리야 콘스탄티노브나 (노래한다) 딱 한 시간만…

페트리셰프 뭐라고요? 가사가 뭐라고요, 마리야 콘스탄티노브나 씨? (껄껄 웃는다)

벳시 Cessez, vous devenez impossible![21]

페트리셰프 J'ai cessé, j'ai bébé, j'ai dédé…[22]

벳시 그 말장난 막으려면 노래를 시키는 수밖에 없겠어요. 우리 같이 오빠 방으로 가요. 거기 기타도 있거든요. 얼른 가요, 마리야 콘스탄티노브나 씨, 얼른요!

    벳시, 마리야 콘스탄티노브나, 페트리셰프가 바실리 레오니드이치의 방문을 열고 들어간다.

---

21 그만 좀 해요, 이제 질린다고요! (프랑스어)

22 'J'ai cessé(프랑스어)'는 '그만할게요'라는 의미다. 뒤이어 나오는 구문은 각운을 살린 말장난으로 'J'ai bébé'는 직역하면 '전 아이가 있어요.'다.

제 36 장

농부1 저 두 분은 뉘 집 처자들인고?

그리고리 한 분은 이 댁 아씨고, 다른 한 분은 음악을 가르치는 선생님인데요.

농부1 딸내미한테 공부를 시키는구먼. 참 야무지네그려. 인물도 좋고.

농부2 아니 왜 여태 시집을 안 보낸 거야? 나이도 꽉 차 보이던데.

그리고리 어이구, 농사나 짓는 어르신들처럼 15살에 시집가라고요?

농부1 근데 아까 그 청년 말인데, 그 청년도 음악인가 뭔가 하는 사람인가?

그리고리 (농부1의 말투를 흉내내며) 음악이가 뭔가 하는 사람이요? 참 나 정말 아무것도 모르시네!

농부1 그야 그렇구말구. 우리야 뭐 못 배운 무지랭이들이잖아.

농부3 원, 세상에!

바실리 레오니드이치의 방에서 기타 반주로 부르는 집시 노래가 들려온다.

제 37 장

세묜이 등장하고 타냐가 뒤따라 들어온다. 타냐가 부자의 상봉을 지켜본다.

그리고리 (세묜에게) 너 어떻게 된 거야?
세묜 캅치치 씨 댁에 심부름 다녀왔어요.
그리고리 그래서 뭐래?
세묜 오늘은 도저히 못 온다고, 그렇게 전하래요.
그리고리 알겠어, 내가 말씀드릴게. (퇴장한다)

제 38 장

세몬   아부지, 오셨어요? 어르신들도 안녕하세요! 집엔 별일 없죠?

농부2   아들, 잘 있었지?

농부1   자네, 잘 있었어?

농부3   세몬, 잘 있었어? 이 녀석, 살아 있었구먼?

세몬   (미소를 지으며) 아부지, 일단 가서 차 한 잔 하시죠.

농부2   잠깐 있어 봐, 여기 볼일 좀 다 보고. 지금 바쁜 거 안 보여?

세몬   그럼, 전 저기 밖에 현관에서 기다리고 있을게요. (자리를 뜬다)

타냐   (세몬을 뒤따라 간다) 아니 왜 아무 얘기도 안 하고 가?

세몬   지금 사람들 있는데 어떻게 얘기해? 기다려 봐. 차 마시러 가서 그때 얘기할게. (퇴장한다)

제 39 장

표도르 이바느이치가 등장해 신문을 들고 창가에 앉는다.

농부1 저기, 집사 양반, 우리 일은 어떻게 돼 갑니까?

표도르 이바느이치 조금만 더 기다려 보세요. 주인 나리께서 곧 나오실 겁니다. 지금 마무리 중이십니다.

타냐 (표도르 이바느이치에게) 주인 나리가 마무리 중이라는 걸 집사님이 어떻게 아세요?

표도르 이바느이치 당연히 알지. 주인 나리께선 질문을 다 하시고 나면 질문과 답을 큰 소리로 낭독하시니까.

타냐 컵받침 가지고 귀신들이랑 얘길 할 수 있다는 게 진짜예요?

표도르 이바느이치 그건 가능한 일이지.

타냐 아니 그럼 귀신들이 '계약을 해라.' 이렇게 말하면 주인 나리가 계약을 한단 말이에요?

표도르 이바느이치 당연하지!

타냐 그치만 귀신들은 말을 안 하잖아요.

표도르 이바느이치 글자판 있잖아. 컵받침이 어떤 글자 앞에

멈추면 주인 나리께서 그걸 읽으시는 거야.

타냐 근데 만일 심령회 도중에 혹시…

제 40 장

레오니드 표도로비치가 등장한다.

레오니드 표도로비치 자, 여러분, 난 못 팝니다! 나도 정말 팔고 싶지만, 도저히 안 되겠소. 혹시라도 대금을 한꺼번에 치르겠다면야 얘기가 달라지겠지만.

농부1 그렇구말구요. 그렇게 할 수 있으면야 저희도 더할 나위 없이 좋습죠. 그치만 저희 마을 사람들 형편이 어려워서 정말로 무립니다요.

레오니드 표도로비치 못 팝니다, 절대로 못 팝니다. 여기, 서류 가져가시오. 서명 못 하겠소.

농부3 아이고, 나리, 제발 저희 사정 좀 봐 주십시오.

농부2 어떻게 이러실 수 있습니까요? 섭섭합니다요.

레오니드 표도로비치 이보시오들, 섭섭해할 거 없습니다. 지난 여름에 사고 싶으면 사라고 내가 분명히 말했잖소. 그땐 당신들이 안 산다고 한 거고, 지금은 내가 못 판다는 것뿐이오.

농부3 아이고, 나리, 저희 사정 좀 봐 주세요. 땅이 모자라서 소는커녕 닭 한 마리 풀어놓을 데도 없습니다요.

레오니드 표도로비치가 걸어가다가 문간에 멈춰 선다.

제 41 장

안나 파블로브나와 의사가 위층에서 내려온다. 그 뒤로 즐겁고 들뜬 기분이 역력한 바실리 레오니드이치가 지갑에 돈을 넣으며 따라 내려온다.

안나 파블로브나 (몸에 꽉 끼는 옷을 입고 모자를 쓰고 있

다) 이걸 먹으란 말이죠?

의사 증상이 재발하면 반드시 드셔야 합니다. 그보다 중요한 건 생활 습관을 개선하셔야 한다는 겁니다. 걸쭉한 시럽이 가느다란 것도 모자라 꽉 조여진 모세 혈관을 지나갈 수 있을 것 같습니까? 어떻게 그런 걸 바라실 수 있으세요? 그건 불가능합니다. 담관도 마찬가집니다. 아주 단순한 이치 아닙니까.

안나 파블로브나 선생님도 참, 알겠어요, 알겠어.

의사 알겠다고만 하시고 맨날 똑같잖습니까. 부인, 절대 그러지 마세요, 절대로요. 그럼 안녕히 계십시오!

안나 파블로브나 아이참, 안녕히 계시라뇨. 이따가 보자고 하셔야지. 오늘 저녁에 선생님 기다릴 거예요, 저. 선생님 안 계시면 제가 마음을 못 정하잖아요.

의사 네, 네, 좋습니다. 시간 되면 들르겠습니다. (퇴장한다)

제 42 장

안나 파블로브나   이게 뭐지? 뭐지 이게? 이 사람들은 뭣 땜에 여깄지?

농부들이 허리를 굽혀 인사한다.

표도르 이바느이치   땅을 사겠다고 주인 나리를 뵈러 쿠르스크에서 온 농부들입니다.

안나 파블로브나   농부들인 건 나도 알겠는데, 대체 누가 집에 들인 거야?

표도르 이바느이치   주인 나리께서 그리 하라셨습니다. 이 사람들은 방금 주인 나리랑 땅 파는 문제로 얘기를 했더랬습니다.

안나 파블로브나   뭘 판다고? 절대로 못 팔아. 그건 그렇고, 도대체가 어떻게 밖에서 돌아다니던 사람을 집 안에 들일 수 있어? 밖에서 돌아다니던 사람을 어떻게 집에 들이냐 말야? 밤새 어디에 있었는지 누가 알겠어? 그런 사람들은 집에 들이면 안 된다고!

(점점 더 흥분한다) 옷 꼬락서니를 봐! 성홍열균, 천연두균, 디프테리아균 같은 온갖 균이 저 구겨진 곳 사이사이에 득시글거릴 것 같잖아! 참, 이 사람들이 온 데가 쿠르스크라고 했지? 쿠르스크 현에는 지금 디프테리아가 돌고 있잖아! 의사 선생님! 선생님! 선생님 다시 모셔 와!

레오니드 표도로비치가 문을 닫고 퇴장한다. 그리고리가 의사를 부르러 나간다.

제 43 장

바실리 레오니드이치 (농부들에게 담배 연기를 내뿜는다) 엄마, 진정하세요. 제가 이 사람들 이 연기로 싹 소독해서 모든 균을 박멸해 버릴까요? 네?

안나 파블로브나가 의사를 기다리며 입을 꾹 다물고 있다.

바실리 레오니드이치 근데 돼지도 키우시나? 그게 짭짤할 텐데!

농부1 그렇구말구요. 가끔씩 돼지도 칩니다요.

바실리 레오니드이치 이런 돼지들? 꿀꿀, 꿀꿀! (돼지 울음소리를 흉내 낸다)

안나 파블로브나 아들! 아들! 그만!

바실리 레오니드이치 비슷하지? 어?

농부1 그렇구말구요. 똑같습니다요.

안나 파블로브나 아들, 그만 좀 하라니까!

농부2 이게 다 뭔 일이래요?

농부3 그러게 내가 문간방에서 기다리고 있자고 했잖아.

제 44 장

의사와 그리고리가 등장한다.

의사 아니, 또 뭡니까? 무슨 일입니까?

안나 파블로브나 선생님은 제가 흥분하면 안 된다고 하시지만, 이 상황에서 어떻게 흥분하지 않을 수가 있겠어요? 제가 두 달째 여동생 얼굴도 못 보고 있고 조금이라도 의심스러우면 사람도 안 만나고 있는 거 선생님도 아시죠? 근데 갑자기 쿠르스크에서, 그것도 디프테리아가 돌고 있는 바로 그 쿠르스크에서 왔다는 사람들이 우리 집 한가운데에 떡하니 서 있잖아요!

의사 이 어르신들 말씀이세요?

안나 파블로브나 그렇다니까요. 디프테리아 유행지에서 왔다잖아요!

의사 만약에 이 어르신들이 디프테리아 유행지에서 오신 거라면 당연히 조심은 해야 하겠지만, 그렇게까지 흥분하실 필요는 없습니다.

안나 파블로브나 아니, 조심하라고 한 게 선생님이잖아요?

의사 맞습니다, 맞는데, 그렇게까지 흥분하지 않으셔도 됩니다.

안나 파블로브나 아니 어떻게 흥분을 안 해요? 집안 전체를 모조리 소독해야겠어요.

의사 아닙니다, 모조리라니요? 그건 너무 비쌉니다. 300루블, 아니 어쩌면 그 이상 들 수 있어요. 제가 값싸지만 확실하게 처리할 수 있는 방법을 알려드리겠습니다. 큰 병에다가 물을 담아서 가져다주시겠어요?

안나 파블로브나   끓인 물로요?

의사   상관없습니다. 끓인 물이면 더 좋겠지만요… 물병에 살리실산 한 큰술을 넣고 그걸로 이 어르신들이 닿았던 곳을 전부 닦으라고 하시고, 어르신들은 당연히 밖으로 내보내셔야 하고요. 그게 끝이에요. 그렇게만 하면 안심하셔도 됩니다. 그리고 이 용액을 두세 컵 정도 분무기에 넣고 공기 중에 뿌리면 아주 좋죠. 흠잡을 데 없이 안전하답니다!

안나 파블로브나   타냐 얘는 어딜 간 거야? 타냐 좀 불러와!

제 45 장

타냐가 등장한다.

타냐　　　　　부르셨어요?

안나 파블로브나　　내 옷방에 있는 큰 병 알지?

타냐　　　　　어저께 세탁부 아줌마한테 물을 끼얹었던 그 병이요?

안나 파블로브나　　그래, 그거. 그거 말고 또 뭐가 있겠니? 그 병 가지고 와서 이 사람들이 서 있던 자리를 일단 비누로 먼저 싹 닦고, 그 다음에도 또 그 비누로…

타냐　　　　　네, 마님. 저도 어떻게 하는지 알아요.

안나 파블로브나　　그래. 그… 분무기도 가져와서… 아니다, 이따 내가 집에 오면 직접 할게.

의사　　　　　그렇게 하시면 됩니다. 염려 마시고요. 그럼 이따 저녁에 뵙겠습니다. (퇴장한다)

제 46 장

안나 파블로브나　　저 사람들 당장 내보내! 그림자 하나 안 보이도록 썩 내보내! 휘이, 휘이! 얼른 가지 않고

뭘 봐?

농부1 그렇구말구요. 저희가 못 배워서 어떻게 말씀을 올려야 할지…

그리고리 (농부들을 밖으로 내몬다) 자, 자, 가세요, 가.

농부2 내 보자기 돌려줘!

농부3 원, 세상에! 그러니까 내가 문간방에서 기다리자고 했잖아.

그리고리가 농부3을 밀친다. 농부들이 모두 퇴장한다.

제 47 장

급사 (몇 번이나 말을 꺼내려다 말기를 반복하다 결국 말을 꺼낸다) 저희 가게에 따로 전하실 말씀이라도 있으십니까?

안나 파블로브나 아, 부르디예에서 온 거 맞지? (화를 내며) 말씀을 전하긴, 뭘 전해? 도로 가져가. 난 그런 옷

주문한 적도 없고 우리 딸한테도 안 입힐 거라고 분명히 부인한테 말했다고.

급사 전 잘 모릅니다. 그냥 배달을 온 것뿐입니다.

안나 파블로브나 됐고, 그냥 물러가란 말이야. 도로 가져가. 내가 나중에 직접 들를 테니까.

바실리 레오니드이치 (기고만장하게) 부르디예 특사 양반, 물러가시지요!

급사 진작에 좀 말씀해 주시지. 괜히 5시간이나 앉아 있었잖아요.

바실리 레오니드이치 아이고, 부르디예 특사님, 이제 물러가십시오!

안나 파블로브나 그만 좀 해라, 제발.

급사가 퇴장한다.

제 48 장

안나 파블로브나   벳시! 얘가 어디에 있는 거야? 얘는 항상 날 이렇게 기다리게 해.

바실리 레오니드이치   (목청껏 외친다) 벳시! 페트리셰프! 빨리 나와! 빨리! 빨리! 어?

제 49 장

페트리셰프, 벳시, 마리야 콘스탄티노브나가 등장한다.

안나 파블로브나   왜 항상 날 이렇게 기다리게 하니?

벳시   그 반대죠. 엄마가 날 기다리게 하거든요?

페트리셰프가 안나 파블로브나에게 목례를 하고 손등에 입을 맞춘다.

안나 파블로브나 어서 와요! (벳시에게) 꼬박꼬박 말대꾸를 해야 직성이 풀리지?

벳시 엄마, 기분 별로시면 난 안 가는 게 좋겠어요.

안나 파블로브나 갈 거야 말 거야?

벳시 가요, 가. 제가 엄마를 무슨 수로 말리겠어요?

안나 파블로브나 너 부르디예에서 온 거 봤니?

벳시 네, 봤는데 너무 좋던데요? 주문은 내가 했는데, 누가 옷값 내 주면 그냥 입으려고요.

안나 파블로브나 난 옷값도 안 내 줄 거고, 그런 천박한 옷도 못 입게 할 거다.

벳시 그게 언제부터 천박해진 거죠? 언제는 고상하다고 하시더니, 이제 와서 갑자기 pruderie[23] 떠시는 거예요?

안나 파블로브나 pruderie 떠는 게 아니야. 그 옷 상반신 디자인을 전부 바꾸면 입게 해 줄게.

벳시 엄마, 정말이지, 그럴 수는 없어요.

안나 파블로브나 얼른 외투나 걸치렴.

안나 파블로브나와 벳시가 의자에 앉는다. 그리고리가 두 사람에게

---

23 새침 (프랑스어)

외출용 구두를 신긴다.

바실리 레오니드이치 마리야 콘스탄티노브나 씨! 전실 깨끗해진 거 보셨어요?

마리야 콘스탄티노브나　　그게 왜요? (미리 웃는다)

바실리 레오니드이치 부르디예에서 심부름 온 급사가 떠났습니다. 네? 잘했죠? (크게 웃는다)

안나 파블로브나　　자, 이제 가자. (문을 열고 나갔다가 곧바로 되돌아온다) 타냐!

타냐　　부르셨어요?

안나 파블로브나　　우리 피프카 내가 없는 동안 감기 들게 하면 안 돼. 밖에 나가자고 하면 노란 망토 꼭 입히고. 아픈 거 아직 덜 나았어.

타냐　　네, 마님.

안나 파블로브나, 벳시, 그리고리가 퇴장한다.

제 50 장

페트리셰프 어떻게, 구했어?

바실리 레오니드이치 그게 말이야, 간신히 구했어. 처음엔 아버지한테 부탁했는데 화를 버럭 내면서 내쫓지 뭐야. 그래서 어머니한테 부탁했더니 결국 성공했지. 여기 있다고! (주머니를 툭 친다) 내가 한번 물었다 하면 절대로 안 놓거든… 사냥개처럼 끝까지 물고 늘어 진다고. 어? 맞다, 오늘 내 늑대 사냥개들 온다 그랬지?

페트리셰프와 바실리 레오니드이치가 외투를 걸치고 퇴장한다. 타냐가 두 사람을 뒤따라 나간다.

제 51 장

표도르 이바느이치 혼자 남아 있다.

표도르 이바느이치   도대체가 달갑지 않은 일투성이군. 어찌도 저리 화목하질 못한 거야? 솔직히 요새 젊은이들은 예전 같지 않아. 그리고 뭐? 여성 상위? 요전에도 주인 나리께서 몇 마디 하시려고 하니까 주인마님이 노발대발하면서 문을 쾅 하고 닫던 걸? 주인 나리는 그걸 또 그냥 보고만 계시더라니까. 정말 보기 드물게 너그러운 분이셔! 보기 드물게 너그러워… 아니, 저건 뭐야? 타냐가 저 사람들을 또 데리고 오네.

제 52 장

타냐와 세 농부가 등장한다.

타냐 어르신들, 들어가자구요, 들어가. 괜찮다니까요.
표도르 이바느이치 이분들은 대체 왜 또 모시고 와?
타냐 그게요, 집사님. 이분들 사정도 딱한데, 어떻게든 도와드려야죠. 물론 주인마님께서 시키신 청소도 할 거예요.
표도르 이바느이치 그래도 이번 건은 성사되기 힘들어. 불 보듯 뻔하다고.
농부1 집사 양반, 대체 어떻게 해야 이 거래가 성사되겠습니까? 집사님 같이 높은 양반이 어떻게든 신경만 좀 써 주면 우리가 그 보답으로 마을을 대표해서 감사의 표시는 섭섭지 않게 해 드릴 겁니다.
농부3 우리 집사 양반이 힘 좀 써 주시구랴. 우리가 살길이 막막해서 그래요. 땅이 모자라서 소는커녕 닭한 마리 풀어놓을 데도 없다니까.

농부3이 허리를 굽혀 절을 한다.

계몽의 열매 89

표도르 이바느이치 저도 여러분들 사정이 참 안타깝지만, 어떻게 도와드려야 할지 모르겠습니다. 저는 정말이지 여러분들의 마음을 이해합니다만, 주인 나리께서 거절하셨잖아요. 그러니 이제 어쩌겠습니까? 게다가 주인마님께서도 반대하고 계시고요. 글쎄요, 힘들 것 같은데요… 저기, 그러면 일단 서류를 줘 보세요. 제가 가서 주인 나리께 한 번 더 말씀드려 보겠습니다. (퇴장한다)

제 53 장

타냐 자, 어르신들, 어떻게 된 일인지 저한테 말씀해 보세요.

농부1 그게 그러니까 여기다가 서명만 딱 받으면 된다 이 말이야.

타냐 주인 나리께서 서류에 서명만 해 주시면 된다는 말씀이죠?

농부1   서명만 하시고, 돈만 받으시면 다 해결된다니까.

농부3   그 뭐냐, 농부들이 원하니까 본인도 원한다… 뭐 이렇게만 써 주시면 될 것을 말이야. 그러면 끝이라니까. 돈 받고 서명하면 끝!

타냐   서명만 하시면 된다구요? 주인 나리께서 서류에 서명만 하시면 된단 말씀이잖아요. (곰곰이 생각한다)

농부1   그렇구말구! 모든 게 거기에 달렸다니까. 서명만 해 주신다면야 뭘 더 바라겠어?

타냐   잠깐 기다려 보세요. 제가 집사님께서 잘 말씀드려 볼게요. 만약에 집사님께서 주인 나리를 설득하지 못하신다면 제가 무슨 수라도 써 볼게요.

농부1   뭘 어쩌려고?

타냐   다 생각이 있어요.

농부3   아이고, 이 처자가 애를 참 많이 쓰네. 일만 성사시켜 주면 우리 마을 차원에서, 그 뭐냐, 평생 먹고 살 걱정은 안 하게 해 줄게. 두고 보라고!

농부1   이 일만 잘 성사되면 우리는 진짜로 돈방석에 앉을 수 있다니까.

농부2   두말하면 입 아프죠!

타냐 장담은 못 드리지만, 그런 말도 있잖아요. 호랑이 굴에 들어가야…

농부1 호랑이 새끼를 잡는다. 암, 그렇구말구.

제 54 장

표도르 이바느이치가 등장한다.

표도르 이바느이치 여러분, 안 된다고 하시네요. 이번 일은 안 될 것 같습니다. 주인 나리께서 동의하지 않으셨고, 앞으로도 동의하지 않으실 겁니다. 이 서류 가지고 이제 그만 돌아들 가시죠.

농부1 (서류를 받아 들고 타냐에게 말한다) 거참, 이제 믿을 사람은 아가씨밖에 없게 됐네그려.

타냐 네, 네, 알겠어요. 어르신들은 밖에 나가셔서 잠깐 기다리고 계세요. 제가 금방 나가서 어떻게 됐는지 말씀드릴게요.

농부들이 퇴장한다.

제 55 장

타냐 표도르 아저씨, 주인 나리께 절 좀 만나 주십사 말씀 좀 넣어 주시면 안 될까요? 제가 긴히 드릴 말씀이 있어서요.

표도르 이바느이치 그건 또 뭔 소리야?

타냐 제발요, 집사님. 꼭 좀 말씀드려 주세요. 나쁜 의도는 전혀 없어요. 하느님께 맹세해요.

표도르 이바느이치 아니, 대체 무슨 일인데?

타냐 별거 아니긴 하지만, 은밀히게 말씀드릴 게 있어서요. 집사님께는 나중에 다 알려드릴게요. 그러니까 주인 마님께 말씀만 좀 넣어 주세요.

표도르 이바느이치 (미소를 지으며) 너 대체 무슨 일을 꾸미고 있는 거냐? 그래, 알겠다. 내 말씀드리지. (퇴장한다)

제 56 장

타냐 그래, 한번 해 보지, 뭐. 나리도 세몬한테 빙의력이 있단 얘길 직접 꺼냈고, 나도 뭘 어떻게 해야 하는지 다 알고 있는데, 뭐. 그때도 눈치챈 사람은 아무도 없었잖아? 이제 세몬한테 잘 가르쳐 주기만 하면 되겠어. 일이 잘 안 돼도 큰일이 날 것도 아니고. 무슨 큰 죄를 짓는 것도 아니잖아?

제 57 장

레오니드 표도로비치가 등장하고 그 뒤로 표도르 이바느이치가 따라 들어온다.

레오니드 표도로비치 (미소를 지으며) 할 말 있다는 숙녀분께서 여기 계셨군? 그래, 용건이 뭐지?

타냐 주인 나리, 큰일은 아니지만, 은밀하게 드릴 말씀이 있어요. 단둘이서만 얘기하고 싶은데…

레오니드 표도로비치 아니, 뭔데 이러는 게야? 표도르, 잠깐 나가 있게.

표도르 이바느이치가 퇴장한다.

제 58 장

타냐 주인 나리, 그동안 제가 이 댁에서 지내면서 벌써 시집갈 나이가 다 됐고, 이게 다 나리 덕분이라는 마음에서 제 친아버지라고 생각하고 털어놓을게요. 이 댁에 세몬이라는 하인이 있는데 저한테 장가를 오겠다는 거예요.

레오니드 표도로비치 그래?

타냐 하느님 이름을 걸고 나리께 솔직하게 말씀드리는 거예요. 제가 고아나 마찬가지인 처지라 딱히 의논

드릴 분이 안 계세요.

레오니드 표도로비치 음, 혼인을 못할 건 또 뭐야? 괜찮은 친구 같던데.

타냐 제대로 보셨어요. 그이가 다 괜찮은데, 마음에 걸리는 게 딱 하나 있어요. 그래서 나리께 여쭙고 싶은 게… 그이한테 뭔가 있는 것 같은데 그게 뭔지 이해도 안 가고… 혹시 안 좋은 건 아니겠죠?

레오니드 표도로비치 그 친구가 혹시 술을 마시나?

타냐 아녜요. 그럴 리가요! 근데 제가 듣기론 그 신령론? 그런 게 있다던데…

레오니드 표도로비치 네가 그런 것도 알아?

타냐 그러문요! 아주 잘 알죠. 하긴 못 배워서 그런 걸 이해 못하는 사람들도 있지만…

레오니드 표도로비치 그래서?

타냐 그이가 걱정인 게 그이한테 자꾸 그런 일이 생겨요.

레오니드 표도로비치 무슨 일이 생긴다는 거야?

타냐 그러니까 그 신령…현상 같은 거요. 사람들한테도 한번 물어보세요. 그이가 책상에서 졸기만 하면 책상이 막 흔들리고 삐거덕, 빽, 삐거덕 하는 그런 소리가 난다니까요. 다른 사람들도 다 들었다구요.

레오니드 표도로비치 그래, 내가 오늘 아침에 차관님한테 얘기했던 게 바로 이거라니까. 그래서?

타냐 그리고요… 아… 그게 언제였더라? 아, 맞다, 수요일에요. 다들 앉아서 저녁을 먹고 있었거든요. 근데 그이가 식탁에 앉자마자 숟가락이 저절로 그이 손으로 획 하고 날아드는 거예요.

레오니드 표도로비치 거참 재밌군! 획 하고 날아들어? 왜? 그 친구가 또 졸았어?

타냐 저도 못 봤는데, 아마 그랬나 봐요.

레오니드 표도로비치 그래서?

타냐 그래서 제가 걱정도 되고 해서 혹시 이게 뭔가 나쁜 건 아닌지 여쭤보고 싶었어요. 평생 같이 살아야 할 사람한테 자꾸만 그런 일이 생기니까요.

레오니드 표도로비치 (미소를 지으며) 아니다, 걱정 말거라. 그건 전혀 나쁜 게 아니란다. 그건 그 친구가 영매, 그래 그냥 영매라서 그런 것뿐이야. 나도 그 친구가 영매라는 걸 진작에 알고 있었다고.

타냐 그런 거라면… 제가 괜한 걱정을 했나 봐요!

레오니드 표도로비치 그럼, 그럼, 걱정 말아라. 아무것도 아니다. (방백) 마침 잘됐어. 캅치치가 못 오게 생겼으니 이 친구가 영매를 해 주면 되겠군… (타냐에게) 이런, 이런, 걱정하지 말아도. 그 친구는 좋은 남편감이고 다 잘 될… 근데 그건 아주 특별한 힘이고 그런 힘은 누구에게나 있단다. 어떤 사람은 약하고 어떤 사람은 강할 뿐이지.

타냐 정말 고맙습니다, 나리. 이젠 나쁜 생각 안 할게요. 제가 그만 괜한 걱정을… 이게 다 저희가 못 배워서 그렇네요!

레오니드 표도로비치 아니다, 아니야. 이제 걱정 말거라. 표도르!

제 59 장

표도르 이바느이치가 등장한다.

레오니드 표도로비치 난 지금 외출을 할 테니 저녁때까지 심령회 준비를 모두 해 놓도록 하게.

표도르 이바느이치 그런데 캅치치 씨는 안 오신다고 하지 않으셨습니까?

레오니드 표도로비치 괜찮네. 상관없어. (코트를 입는다) 이번 심령회는 시험 삼아 우리 쪽 영매를 데리고 한번 열어 볼까 하네. (퇴장한다)

표도르 이바느이치가 레오니드 표도로비치를 배웅하러 나간다.

제 60 장

타냐   내 말을 믿네! 내 말을 믿어! (꺅하고 비명을 지르며 껑충껑충 뛴다) 진짜로 믿는다고! 이건 정말 기적이야! (꺅하고 비명을 지른다) 이제 세묜만 잘해 주면 성공이야.

제 61 장

표도르 이바느이치가 돌아온다.

표도르 이바느이치 그래서 그 은밀하게 드린다는 말씀은 드렸고?

타냐 네, 말씀드렸어요. 집사님한테도 말씀드릴게요. 근데 나중에요… 그런데요, 집사님, 집사님한테도 부탁드릴 게 있어요.

표도르 이바느이치 나한테까지 할 그 부탁이라는 게 도대체 뭔데?

타냐 (수줍어하며) 집사님은 저한테 아버지나 다름없는 분이세요. 그러니까 하느님 이름을 걸고 털어놓을게요.

표도르 이바느이치 빙빙 돌리지 말고 본론만 말해.

타냐 그러니까… 그… 본론을 말씀드리자면… 세묜이 저한테 장가를 오겠대요.

표도르 이바느이치 그래? 안 그래도 그런 눈치더라니…

타냐 그래서요, 사실… 하긴 집사님께 제가 숨길 게 뭐가 있겠어요? 전 부모님도 안 계시는데, 집사님도 도시라는 데가 어떤 덴지 잘 아시죠? 온갖 남자들이 추근대요. 그리고리 같은 남자만 해도 저한테 숨 쉴 틈도 안 준단 말이에요. 그리고리만 그러는 게 아녜요. 아시죠? 그런 놈들은 절 사람 취급도 안 하고 지들 장난감인 줄로만 알고…

표도르 이바느이치   네 말이 다 맞다. 그런 생각을 하다니 참 기특하구나! 그래서 뭘 어쩌면 좋겠니?

타냐   세몬이 아버지한테 편지를 보내서 결혼 얘기를 했나 봐요. 근데 오늘 세몬 아버지께서 절 보시자마자 세몬이 게을러빠졌다고 하시는 거예요. 집사님! (허리를 굽혀 절을 한다) 절 딸자식이라고 생각하시고 그 어르신, 세몬 아버지랑 얘기 좀 해 봐 주세요. 제가 어르신들을 저희들 주방으로 모실 테니 집사님께시 기서서 세몬 아버지랑 얘기 좀 해 봐 주세요.

표도르 이바느이치   (미소를 지으며) 그러면 내가 중신을 서게 되는 건가? 그래, 그러마.

타냐   표도르 아저씨, 제 친아비 대신 그리 해 주시면 아저씰 위해 평생 축복의 기도를 드릴 거예요.

표도르 이바느이치   그럼, 그럼. 내가 가 볼게. 꼭 얘기해 보마. (신문을 집어 든다)

타냐   집사님은 저한테 아버지나 다름없으세요.

표도르 이바느이치   그래, 그래.

타냐   그럼 집사님만 믿어요… (퇴장한다)

제 62 장

표도르 이바느이치   (고개를 끄덕인다) 참 싹싹한 처자야, 아주 착해. 저런 처자들 중에 망가지는 처자들이 그렇게 많은 걸 생각하면 참…! 발 한 번만 잘못 디뎌도 온갖 남자들 손을 타게 되고… 그러면 구렁텅이에서 영 헤어 나오지 못한단 말이야. 그 불쌍한 나탈리야도 그랬지. 그 처자도 참 착했는데… 그 어미도 그 앨 낳고 애지중지 키웠건만… (신문을 집

어 든다) 자, 우리 페르디난드[24]는 또 무슨 수작을 부리는지 한번 볼까?

막이 내려간다.

---

24 이 희곡의 시대 배경을 감안했을 때 불가리아의 초대 차르 페르난디드 1세를 지칭하는 것으로 추정된다.(역자 주)

제2막

무대는 하인용 주방이다. 겉옷을 벗은 농부들이 땀을 뻘뻘 흘리며 식탁에 앉아 차를 마시고 있다. 무대 반대편 구석에서는 표도르 이바느이치가 시가를 피우고 있다. 페치카[25] 위에는 파벨 페트로비치가 누워 있는데, 제1장부터 제4장까지는 모습을 드러내지 않는다.

제 1 장

표도르 이바느이치 그러니까 제 말씀은 세몬을 그냥 내버려두라는 겁니다. 세몬이 좋다고 그러고, 또 타냐도 좋다는데 제발 좀 그냥 놔두세요. 타냐는 착하고 성실한 아이랍니다. 멋 좀 부리고 다닌다고 너무 신경 쓰진 마세요. 도시에 살면 그렇게 될 수밖에 없어요. 게다가 타냐 걔가 얼마나 영특한데요.

농부2 머, 지가 좋다면야 어쩌겠습니까? 나랑 살 것도 아니고. 근데 타냐 걔가 너무 깔끔을 떨어대니,

---

25 러시아식 난로로, 돌·벽돌·진흙 따위로 만들어 벽에 붙여서, 벽을 가열하여 공간 내부를 따뜻하게 한다.(역자 주)

원. 그런 애를 어떻게 오두막집에 들일 수 있겠습니까요? 시애미가 지 머리도 못 쓰다듬게 할 텐데.

표도르 이바느이치 에이, 그건 깔끔을 떨어서가 아니라 걔 성격이 원래 그래요. 근데 성격이 착해서 어른들 말씀도 잘 듣고 잘 모실 겁니다.

농부2 그놈이 그 아일 꼭 아내로 삼겠다고 마음을 굳혔으면 저도 그 아일 받아들일 수밖에요. 맘에도 없는 여자랑 살면 얼마나 괴롭겠습니까? 일단 마누라랑 얘길 해 보고, 그 다음은 하늘의 뜻에 맡겨야죠.

표도르 이바느이치 그럼 그렇게 하는 걸로 하시죠!

농부2 예, 그렇게 해야 할 것 같습니다요.

농부1 자하르 자녠 운도 참 좋아! 거래 성사하러 왔다가, 이거 봐, 그렇게 고운 며느릿감까지 떡하니 골라잡고 말이야! 제대로 축하하려면, 거, 한잔하자구!

표도르 이바느이치 술은 절대로 안 됩니다.

어색한 침묵이 흐른다.

표도르 이바느이치 저도 농사를 지으면서 산다는 게 어떤 건지 꽤 잘 압니다. 사실은 저도 어디에 땅을 좀 사 볼까 생각 중이거든요. 집도 한 채 짓고 농사도 지어 볼까 싶습니다. 여러분들 사시는 곳 근처도 좋을 것 같고.

농부2 좋은 생각입니다요.

농부1 그렇구말구요. 돈만 있다면야 시골에서 못 누릴 게 없죠.

농부3 두말할 필요도 없어요! 시골이 아무래도 사는 게 느긋하긴 하죠. 도시랑은 달라요.

표도르 이바느이치 제가 여러분들 마을에서 살겠다고 하면 마을 사람들이 절 받아 줄까요?

농부2 왜 안 받아 주겠습니까요? 노인네들한테 술 한잔씩만 돌리면 당장 받아줍죠.

농부1 거, 술집이나, 뭐 주막 같은 걸 차리면 죽는 게 아쉬울 만큼 편안하게 사실 게요. 왕처럼 사실 수 있다니까요. 암, 그렇구말구요.

표도르 이바느이치 그건 그때 가 보면 알겠죠, 뭐. 그냥 말년엔 조용히 살고 싶을 뿐입니다. 여기서 사는 것도 괜찮아서 떠나기도 아쉽고 그렇네요. 이 댁 주인나리께서 보기 드물게 너그러우신 분이거든요.

농부1	그렇구말구요. 그나저나 주인 나리는 이 거래를 어떻게 하신답니까? 설마 이렇게 흐지부지 끝나는 건 아니겠지요?

표도르 이바느이치	나리께선 마음이 있긴 합니다.

농부2	이 댁 주인 나리께서는 보아하니 주인마님이 무서우신 것 같던데요?

표도르 이바느이치	꼭 그렇다기보다 그냥 마님께서 반대하시는 거지요.

농부3	아이고, 우리 집사 양반이 힘 좀 써 줘요. 집사 양반이 안 도와주면 우린 어떻게 삽니까? 우리가 땅이 모자라서…

표도르 이바느이치	타냐 그 애가 나서기로 했으니 어떻게 될지 두고 보시죠.

농부3	(차를 마신다) 집사 양반, 제발 저희 사정 좀 봐 줘요. 우리가 땅이 모자라서 소는커녕 닭 한 마리 풀어놓을 데도 없다니까요.

표도르 이바느이치	저도 모든 걸 제가 결정하고 싶은 마음입니다. (농부2에게) 자, 그럼 우린 이제부터 사돈지간입니다. 타냐 일은 이렇게 마무리하는 거죠?

농부2	그러문요. 전 한 번 말했으면 그걸로 끝입니다요.

한 입으로 두말은 안 합죠. 그저 저희 일이나 잘 성사되면 좋겠습니다요.

제 2 장

루케리야가 들어와 페치카 위쪽을 올려다보고 신호를 보낸다. 그리고 곧바로 생기발랄하게 표도르 이바느이치에게 말을 건넨다.

루케리야   아니, 방금 이 댁 큰 주방에 있던 세묜을 위층으로 불러올렸어요. 주인 나리랑 그 사람, 저기 주인 나리랑 같이 귀신 불러들이는 그 대머리 총각이 세묜을 앉혀 놓고 캅치치 그 양반이 하던 짓을 하라고 시켰대요.

표도르 이바느이치   설마 그럴 리가!

루케리야   정말이에요! 방금 야코프가 타냐한테 그러던 걸요?

표도르 이바느이치   거참, 별일을 다 보겠네!

제 3 장

마부가 들어온다.

표도르 이바느이치　자넨 또 무슨 일이야?

마부　(표도르 이바느이치에게) 아니, 말씀 좀 해 보세요. 제가 개랑 같이 살라고 고용된 게 아니잖아요. 다른 사람더러 하라 그러세요. 전 개랑 못 삽니다.

표도르 이바느이치　개라니? 무슨 개?

마부　아니, 도련님이 제 방에다가 수캐를 세 마리나 데려다 놨어요. 여기저기 똥을 싸지르질 않나 시끄럽게 짖어대질 않나, 게다가 가까이 가기만 하면 물어대질 않나. 성깔 더러운 악마라니깐요! 눈에 뵈는 건 죄다 갈기갈기 물어뜯으니, 원. 장작으로다가 그놈의 다리몽둥이들을 그냥 확!

표도르 이바느이치　대체 언제부터 그 지경인 된 게야?

마부　오늘요. 품평회에서 데리고 왔대요. 비싸고 귀한 무슨 토종개라던데, 제가 알 게 뭡니까? 아니, 마부방에 개가 살아야 합니까? 아니면 마부가 살아야 합니까? 말씀 좀 해 보세요!

표도르 이바느이치 그래, 그건 안 될 일이지. 내가 가서 여쭤봄세.

마부 그것들을 차라리 여기, 그러니까, 이 주방에 데려다 놓는 게 낫지 않겠습니까?

루케리야 (화를 내며) 아니, 사람들 밥 먹는 데다가 개들을 가둬 놓겠다는 거예요? 나 원 참…

마부 아니, 제 방에는 작업복이며 무릎 담요며 마구며 온갖 게 다 있는 데다가, 주인 나리는 또 그걸 다 깨끗하게 관리하라고까지 하니까 그러지요. 그럼 차라리 문지기 그 양반 방은 어떻습니까?

표도르 이바느이치 내 도련님께 말씀드림세.

마부 (화를 내며) 이놈의 개새끼들은 자기 목에다나 매달고 다니지! 허이구, 그러면서 자기는 또 말 타는 선 좋아해요. 괜히 우리 이쁜이만 못쓰게 만들어 놓고. 그게 얼마나 좋은 말이었는데! 아이고, 이놈의 팔자야! (문을 쾅 닫고 나가 버린다)

제 4 장

표도르 이바느이치　그래, 그건 안 될 일이야! 정말 안 될 일이지! (농부들에게) 자, 그럼 이만 잘들 있다 가시오.
농부들　안녕히 가세요.

표도르 이바느이치가 퇴장한다.

제 5 장

표도르 이바느이치가 퇴장하자 이내 페치카 위에서 끙끙 앓는 소리가 들린다.

농부2　아까 그 양반은 번지르르하게 차려입은 모양새가 개선장군이 따로 없네요!
루케리야　아유, 말도 마요. 방도 따로 내줬죠, 주인댁에서 빨래도 다 해다 바치죠. 차랑 설탕도 죄다 주인댁이랑 똑같은 걸로다가 갖다주죠, 음식도 주인댁 상에 올리는 것만 대령한다니까요.

파벨 페트로비치 훔친 게 그렇게 많은데 호강을 못 할 리가 있겠어?

농부2 페치카 위에 누워 있는 저 사람은 누구요?

루케리야 그냥, 있어요. 그런 사람.

침묵이 흐른다

농부1 근데 요전번에 보니까, 이 댁 저녁상이 아주 진수성찬이던데.

루케리야 맞아요. 그건 정말 불만 없어요. 이 댁 주인마님이 먹는 거엔 또 인색하지 않거든요. 일요일이면 흰빵 나오죠, 사순절 금식 기간이면 생선도 나오죠. 근데 사순절이라고 해도 고기 먹겠다고 하면 고기도 먹게 해 준다고요.

농부2 아니, 사순절에 그렇게 마구 먹어 대는 사람이 어딨습니까?

루케리야 으이그, 이 집에선 거의 다 그래요. 사순절 지키는 사람이라곤 마부랑, 아, 아까 왔었던 그 사람 말고 예전에 일했던 마부요, 그리고 세묜이랑 저랑 청소 아줌마밖에 없어요. 우리 빼곤 죄다 고길 먹는 걸요?

농부2   주인 나리도요?

루케리야   으이그, 웬걸요? 주인 나리는 사순절이란 거 자체를 아예 잊고 사신다니까요.

농부3   원, 세상에!

농부1   그건 지체 높은 분들이 어련히 알아서 안 할까. 다 책에서 보고들 그러는 걸 텐데. 배운 사람들이잖아.

농부3   이런 흰 빵 같은 건 매일들 드시지 않겠어?

루케리야   참내, 흰 빵은요, 무슨! 이런 게 그분들 눈에 들어오기나 하겠어요? 그분들 밥상 한번 봐 봐요. 이것저것 없는 게 없네요!

농부1   지체 높은 분들 밥상이라는 게 말이야, 뭐랄까, 양이 그렇게 많지는 않잖아.

루케리야   네, 네, 양이 많지는 않죠. 근데 양이 많지도 않는 그런 게 가짓수가 더럽게 많아요. 그래서 많이들 처먹더라고요.

농부1   먹성들이 좋으신 모양이야.

루케리야 게다가 술까지 곁들이잖아요. 달디단 와인에 보드카에 탄산 과실주에, 음식마다 마셔 재끼는 술도 다 따로따로라니까요. 먹고 마시고, 먹고 마시고.

농부1 밥때 되면 꼬박꼬박 음식을 갖다 바치는 모양이지?

루케리야 맞아요, 게다가 더럽게 많이도 처먹는 걸 보면 정말 꼴도 보기 싫어요! 이 양반들은 그 뭐냐, 자리에 앉아서 밥 먹고 성호 긋고 자리에서 일어나고 하는 그런 것도 없어요. 그냥 줄창 먹기만 한다니까요.

농부2 이건 뭐 완전히 여물통에 발 담그고 밥 처먹는 돼지네요!

농부들이 웃는다.

루케리야 근데 내가 정말 못 살겠는 게, 아침에 눈 뜨기가 무섭게 사모바르에 차에 커피에 쪼꼬렛까지 그렇게 찾아대요. 사모바르를 두 통이나 처마시면 곧바로 한 통을 더 올려야 한다니까요. 거기다 아침 먹지, 점심 먹지, 그러고 나면 그놈의 커피를 또 처마셔요. 잠깐 자빠져 있는가 싶으면 또, 또 차를 처

마시고, 차만 마시게요? 사탕이며 과자며 달달한 걸 또 같이 처먹어요. 끝이 없다니까요. 아니, 잠자리를 펴고 누워서까지 처먹어요.

농부3　거참, 부럽구만. (큰 소리로 웃는다)

농부1과 농부2　(두 사람이 동시에 말한다)

　　　농부1　무슨 소리야?

　　　농부2　무슨 말씀이세요?

농부3　하루만이라도 그렇게 살아 봤으면 좋겠네!

농부2　아니, 그럼 대체 일들은 언제 하는 겁니까?

루케리야　이 양반들이 무슨 일을 하겠어요? 카드나 치고 피아노나 치는 게 다죠. 이 집 아씨만 해도 그래요. 아침에 눈만 뜨면 곧장 피아노로 쪼르르 달려가서는 한바탕 쳐대죠. 그러면 이 집에서 사는 그 피아노 선생은요, 피아노가 언제 비나 하고 고 옆에 딱 서서 기다리죠. 그러다가 아씨가 다 치면 그 선생이 또 쿵쾅쿵쾅 두들겨 대요. 어쩔 때는 피아노 두 대를 놓고 넷이서 두 명씩 번갈아 가면서 처댄다니까요. 그렇게 쳐대면 그 쿵쾅쿵쾅 소리가 여기까지 다 들린다구요.

농부3　원, 세상에!

루케리야 그러니까 이 양반들이 하는 일이라곤 피아노랑 카드 치는 게 다예요. 모였다 하면 카드에 와인에 담배에, 아주 그냥. 그렇게 날밤을 새웠다가 자고 일어나면 또 처먹어요!

제 6 장

세몬이 등장한다.

세몬 차들 들고 계셨어요?
농부1 어여 와 앉아.
세몬 (식탁으로 다가간다) 예, 예, 고맙습니다.

농부1이 세몬에게 차를 따라 준다.

농부2 너 어디 갔었어?
세몬 위층에요.

농부2   아니, 위층에 뭔 일 있어?

세묜   그게, 저도 도통 이해가 안 가서 뭐라고 말씀드려야 좋을지 모르겠어요.

농부2   거참, 뭔 일인데 그래?

세묜   정말로 모르겠다니까요. 저한테 무슨 힘 같은 게 있는지 없는지 시험 같은 걸 하던데, 전 도통 이해가 안 가요. 타냐는 또 그냥 하라는 둥 그러면 어르신들이 땅을 얻을 수 있다는 둥 주인 나리가 땅을 팔 거라는 둥 그런 말만 해요.

농부2   아니, 타냐 걘 뭘 어쩌려는 건데?

세묜   그걸 저도 모르겠어요. 말을 안 해요. 그냥 '내가 시키는 대로 해!'라고만 하더라고요.

농부2   대체 뭘 시켰는데?

세묜   지금은 시킨 일 같은 건 없는데, 아까는 절 의자에 앉히고 불을 끄더니 잠을 자라는 거예요. 그러더니 자기는 거기에 몰래 숨더라고요. 다른 사람들한테는 안 보이고 저한테만 보이는 곳에요.

농부2   그게 대체 뭔 짓이야? 왜 그런 건데?

세묜   누가 알겠어요? 도통 이해가 안 가요.

농부1   그야 뻔하지. 심심하니까.

농부2	아무래도 우리 둘이 머리를 맞대 봤자 답은 안 나오겠다. 그나저나 너 말이다, 돈은 많이 모아 놨어?
세묜	많이는 못 모았어요. 다 합치면 28루블 정도 될 거예요.
농부2	그 정도면 괜찮네. 근데 만약에 하늘이 도우셔서 땅 문제가 잘 풀리면 널 집으로 데려갈 생각이다.
세묜	저야 좋죠.
농부2	너 이 녀석, 게을러빠져서는. 밭일 할 생각은 없지?
세묜	밭일이요? 지금 당장이라도 할 수 있어요. 풀 베고 밭 가는 실력은 아직 안 죽었다구요.
농부1	그래도, 그 뭐냐, 도시물도 먹었는데 그런 일을 해도 괜찮겠어?
세묜	괜찮아요. 시골에서도 살 수 있어요, 전.
농부1	근데 여기 이 미트리 할아버지가 네 자릴 노리고 있어. 이 호사스러운 두시 생활 말이야.
세묜	아이고, 미트리 할아버지. 이 일 금방 질려요. 보기엔 쉬운 것 같아도 이리저리 정신없이 뛰어다니는 게 다반사예요. 온몸이 녹초가 된다니까요.
루케리야	이보세요, 미트리 영감님, 영감님이 이 집에서 열리는 무도회를 직접 봐야 해요. 아주 기가 막힐

	걸요?
농부3	왜? 거기서도 죄다 먹어 치워?
루케리야	아유, 말도 마요! 그 꼴을 직접 안 봤으면 말을 마세요. 한번은 집사님이 들여보내 준 적이 있었는데, 가서 봤더니 거기 온 여자들이 아주 가관이더라구요. 꾸미기는 또 어찌나 꾸며 댔는지, 말도 못해요! 여기까지 허연 맨살을 드러내고 팔뚝도 다 내놓고, 아주 그냥.
농부3	원, 세상에!
농부2	에잇, 퉤, 망측하게!
농부1	날이 더워서 그랬나 부지.
루케리야	아니, 그래서요, 영감님, 내가 쓱 보니까, 이게 웬일이에요? 죄다 벌거숭이들인 거예요. 이게 믿어지세요? 다 늙은 여자들이 말이죠, 맞다, 이 댁 주인 마님은, 세상에, 손주 볼 나이가 다 됐는데, 죄다 벗고 있더라니까요.
농부3	원, 세상에!
루케리야	또 어땠는지 아세요? 음악이 울려 퍼지고 다들 흥이 오르니까 갑자기 남자들이 각자 자기가 데려온 여자들한테 가더니 같이 막 얼싸안고 뱅글뱅글 돌

기 시작하는 거예요.

농부2 할머니들도요?

루케리야 네, 할머니들도요.

세묜 에이, 아녜요. 할머니들은 계속 앉아 있었죠.

루케리야 무슨 소리야? 내가 똑똑히 봤다니까!

세묜 아니라니까요.

파벨 페트로비치 (몸을 불쑥 내밀며 쉰 목소리로) 그게 폴카 마주르카라는 거야. 멍청한 네가 뭘 알겠어? 이렇게 추는 거야, 이렇게….

루케리야 허이고, 춤꾼 나셨네! 그냥 조용히 좀 있으라니까요. 거봐요, 누가 오잖아요.

제 7 장

그리고리가 등장하고 파벨 페트로비치가 황급히 숨는다.

그리고리 (루케리야에게) 양배추 절임 좀 줘요.

루케리야	이제 막 지하 저장고에서 올라 왔는데 또 기어 내려가라고? 누가 또 처먹겠대?
그리고리	아씨들이 튜랴[26] 드시겠대요. 빨리요! 세묜한테 갖다 드리라고 하세요. 난 지금 좀 바빠서요.
루케리야	맛나게 실컷 처먹더니, 허이고, 목구녕까지 꽉 차서 더 이상은 안 먹히니까 이젠 양배추가 땡기는 게지.
농부1	속 청소를 하려나 부지.
루케리야	암요, 속을 비워야 또 처먹죠! (그릇을 집어 들고 나간다)

제 8 장

그리고리　(농부들에게) 아이고, 아예 자리를 잡으셨어요들. 주인마님이 아시면 아침에 그랬던 것처럼 아주 혼

26　тюря / tyurya – 러시아에서 먹는 차가운 수프. 육수, 러시아의 보리 발효 음료 크바스(квас / kvas), 우유, 물 중 하나를 차가운 국물로 활용하여 크루통, 양파, 마늘 등을 넣어 만든다. 이 작품과 같이 양배추 절임을 곁들이는 경우도 있다.(역자 주)

구멍이 날 걸요? (껄껄 웃으면서 나간다)

제 9 장

파벨 페트로비치가 여전히 페치카에 누워 있다.

농부1   그렇구말구! 아까 주인마님이 미친 듯이 날뛰는 바람에 난리도 아니었잖아!

농부2   아까 주인 나리가 말려 보려고 하다가 주인마님 뚜껑 열리는 걸 보고는 두 손 두 발 다 들고 문 쾅 닫고 나가 버렸잖아요.

농부3   (손을 내지으며) 사는 게 다 똑같지, 뭐. 우리 마누라도 뚜껑 한 번 열리면 아무도 못 말려! 그럴 땐 냅다 밖으로 튀는 게 상책이야. 망할 놈의 여편네! 안 그랬다간 부지깽이로 처맞는 수가 있어. 원, 세상에!

제 10 장

야코프가 처방전을 들고 뛰어 들어온다.

야코프   세몬, 지금 빨리 약국가서 마님 드실 가루약 좀 타와. 얼른!

세몬   주인 나리가 아무 데도 가지 말라고 했는데요?

야코프   너 아직 시간 많잖아. 그 일은 차 마시고 나서 해도… 아, 차들 들고 계셨군요?

농부1   와서 같이 들어요.

세몬이 나간다.

제 11 장

야코프   아이고, 지금 좀 바쁜데… 에이, 그래도 한 잔만

농부1	하고 가죠, 뭐.

농부1 아니, 아까 이 댁 주인마님이 아주 도도하게 구시더라는 얘기를 하고 있던 참이외다.

야코프 아휴, 그 불같은 성깔 땜에 제가 못 산다니까요, 정말! 어찌나 불같은지 자기도 자기 성깔을 못 이겨요. 어떨 땐 울음까지 터뜨린다니까요.

농부1 근데 말이오, 내 궁금한 게 있는데… 아까 주인마님이 무슨 균이라고 하시면서 무슨 균, 무슨 균을 집에 들인다고 말씀하시던데, 그 균이라는 게 대체 뭐요?

야코프 아, 균이요. 그게, 저도 들은 얘긴데, 온갖 병을 옮긴다는 그런 벌레라고 하더라고요. 근데 그런 벌레가 어르신들한테 있다면서 아까 어르신들 나가신 다음에 어르신들이 계셨던 자릴 닦고 또 닦고, 뭘 계속 뿌리고 닌리였어요. 그런 벌레를 죽이는 무슨 약이 있다나 봐요.

농부2 아니, 그런 벌레가 대체 우리 몸 어디에 붙어 있다는 거요?

야코프 (차를 마신다) 그게요, 벌레가 너무 쪼그매서 현미경 같은 걸로도 안 보인대요.

농부2	나한테 벌레가 있다는 걸 마님이 대체 어떻게 안단 말이오? 그런 더러운 게 나보단 마님한테 더 많을 수도 있는 거잖아요.
야코프	아이고, 직접 가서 물어보십쇼.
농부2	내 생각엔 그건 다 헛소립니다.
야코프	당연히 헛소리죠. 이건 의사라는 양반들이 무슨 수라도 써야 하는 거 아닙니까? 그런 것도 안 하는 양반들한테 뭐 하러 돈을 갖다 바치는 건지, 원. 이 집에도 의사가 맨날 들락날락하는데, 와서 고작 몇 마디 하고는 10루블씩 받아 간다니까요.
농부2	그게 말이 안 되는…
야코프	100루블씩 받는 의사도 있다니까요.
농부1	뭐요? 100루블이나?
야코프	100루블이요? 100루블은 약과죠. 도시 떠나서 어디 시골이라도 가면 1,000루블도 받아요. '1,000루블 내시오. 돈 안 낼 거면 그냥 뒈지든가.' 이런 식이에요.
농부3	원, 세상에!
농부2	아니, 의사가 무슨 주술이라도 부린답니까?
야코프	그런가 보죠. 요전에 제가 어떤 장군 댁에서 일했

던 적이 있거든요. 모스크바 근교였죠. 그 장군이란 사람이, 화도 잘 내고 거만하기도 해서 얼마나 끔찍했는지 몰라요. 어느 날 그 집 딸이 병에 걸렸어요. 그러니까 그 장군이 의사를 데리고 오라고 사람을 보냈죠. 근데 의사가 '1,000루블 주면 가겠소.' 딱 이랬대요. 뭐, 어찌어찌 얘기가 잘 돼서 일단 의사가 장군 집에 왔는데, 이 의사 양반이 뭐가 마음에 안 들었던 모양이에요. 그래서, 세상에, 장군을 막 윽박지르는 거예요. '어떻게 날 이딴 식으로 대접할 수 있느냐?', '병 안 고친다!' 이러면서요. 그랬더니 어떻게 된 줄 아세요? 그 거만했던 장군이 꼬리를 싹 내리고 갖은 말로 비위를 맞추더라니까요. '아이고, 선생님! 제발 가지 마세요!' 막 이러면서요.

농부1 그래서 1,000루블을 줬대요?

야코프 안 주고 배겨요?

농부2 돈 한번 쉽게 버네요. 우리한테 그런 돈 있었으면 저놈의 땅을 사고도 남겠죠!

농부3 전부 다 헛소리 아니야? 내가 옛날에 다리가 곪았던 적이 있었어. 그때 의사한테 두어 번 치료를 받

앉는데, 그 값으로 5루블이나 달라는 거야. 그래서 치료를 그만뒀지. 근데 나중엔 다 아물었다구.

페치카에 누워 있던 파벨 페트로비치가 기침을 한다.

야코프 아이고, 저 불쌍한 양반 또 여기 있네.
농부1 저 양반은 뭐 하는 사람이오?
야코프 이 댁 주인마님 요리사였는데, 이렇게 루케리야 방에 들락날락하더라고요.
농부1 요리사 양반이셨구만? 근데 저 양반도 여기 사는 거요?
야코프 아니요. 이 댁 마님은 여기 발도 못 들이게 하죠. 근데 밤낮없이 그냥 저렇게 여기저기 떠돌아다니네요. 어디서 단돈 3코페이카[27]라도 생기면 노숙자 숙소엘 가곤 하던데, 저렇게 술 퍼먹고 푼돈도 다 탕진하면 여길 찾아오더라고요.
농부2 아니, 어쩌다 저 지경이 된 거요?
야코프 그냥 어쩌다보니 사람이 저리 약해졌어요. 저 친구도 원래는 신사 중의 신사였다니까요. 금시계도 가

---

27 копейка / kopeyka – 러시아의 화폐 단위. 100코페이카가 1루블이다.(역자 주)

지고 다니고 월급도 40루블씩이나 받았던 사람이에요. 지금은 저 꼴이지만 말이죠. 루케리야 아니었으면 진작에 굶어 죽고도 남았죠.

제 12 장

루케리야가 양배추 절임을 가지고 들어온다.

야코프 (루케리야에게) 파벨 페트로비치 저 양반이 여기 또 왔던데?

루케리야 하이고, 저 양반이 가긴 어딜 가겠어요. 여기 아니면 어디 딴 데서 얼어 죽게요?

농부3 술이 웬수네! 그놈의 술이… (안타까워하며 혀를 찬다)

농부2 맞아요. 사람이 건강해 지면 바위보다 단단한데, 나약해지면 물보다도 약하다잖아요.

파벨 페트로비치 (페치카에서 기어 내려와 팔다리를 덜덜 떨며) 루케리야! 한 잔만 달라니까.

루케리야 어딜 기어 내려와요? 한 잔 같은 소리 하시네!

파벨 페트로비치 너, 하늘이 무섭지도 않아? 아이고, 어르신들, 저 죽습니다요. 5코페이카만 좀…

루케리야 그냥 다시 올라가시라고요.

파벨 페트로비치 이봐, 루케리야 선생! 반 잔만이라도 줘. 제발 부탁이야. 반 잔만 달라니까. 나 좀 봐 줘. 제발!

루케리야 이제 그만 좀 하시구, 이 차나 마셔요!

파벨 페트로비치 차는 무슨 차야? 아무짝에도 쓸모없는 맹탕을 마시라고? 그냥 술 줘. 딱 한 모금만… 루케리야!

농부3 아이고, 저 불쌍한 양반 저러다 쓰러지겠네.

농부2 그냥 좀 줍시다.

루케리야 (찬장에서 보드카 잔을 꺼내 술을 가득 채운다) 자, 여기요. 더는 못 줘요.

파벨 페트로비치 (잔을 낚아채 몸을 덜덜 떨며 술을 마시려고 한다) 루케리야! 우리 루케리야 선생님! 이것만 마실 테니까 좀 봐 줘…

루케리야 아니, 그렇게 계속 떠들거예요? 이제 페치카로 올라가서 숨소리도 내지 마요!

파벨 페트로비치가 고분고분 페치카로 올라가면서 계속 혼자 구시렁거린다.

농부2   사람이 나약해 진다는 게 바로 저런 거예요!
농부1   그렇구말구, 저게 인간의 나약함이야.
농부3   두말하면 입 아프지.

파벨 페트로비치가 페치카에 자리를 잡고 누워서 여전히 혼자 구시렁거린다. 나머지 사람들 사이에서는 잠시 침묵이 흐른다.

농부2   저기, 하나만 물읍시다. 이 댁에서 지내는 우리 고향 처자가 하나 있는데, 우리 동네에 살았던 악시니야라는 여자 딸내미거든요. 암튼 그런데, 그 처자 어떻소? 잘 지냅니까? 그러니까 제 말은, 성실은 합니까?
야코프   아, 착한 아이예요. 칭찬할 만한 처자죠.
루케리야   저기요, 아저씨. 이건 제가 이 집 사정을 속속들이 꿰뚫고 있으니까, 진심으로 드리는 얘긴데, 타냐 그 애를 며느리 삼고 싶으면 아직 안 망가졌을 때 얼른 데려가세요. 안 그러면 개도 망가지는 건 시간문제예요.

야코프 네, 맞는 말이에요. 나탈리야라고 작년에 이 집에서 같이 지내던 처자가 있었어요. 정말 착한 아이였는데, 별 이유도 없이 망가지더라고요. (파벨 페트로비치를 가리키며) 저 사람처럼 말이죠.

루케리야 그래서 우리 같이 남의 집 살림해 주는 여자들 중엔 타락한 여자가 부지기수예요. 누구나 편한 일이나 달콤한 음식에 혹하기 마련이니까요. 근데 보세요. 그런 달콤한 음식을 맛보게 되면 망가지는 건 순식간이에요. 그렇게 망가진 사람은 쓸모가 없게 되죠. 쓸모가 없으면 내쫓기고 그 자리에 새 사람이 들어오는 거라구요. 그 불쌍한 나탈리야가 딱 그 신세예요. 망가지니까 바로 쫓겨난… 어디서 애를 낳았다더니 지난 봄에 병원에서 죽었다지 뭐예요. 참 착한 애였는데…

농부3 원, 세상에! 약한 사람은 좀 불쌍히 여길 줄도 알아야 하는데…

파벨 페트로비치 불쌍히 여겨 준다고요? 저 흉악스런 인간들이요? (다리를 늘어뜨려 페치카에 걸터앉는다) 30년을 불 앞에서 들들 볶였더니만 이젠 필요 없

　　　　　　　다며 개처럼 뒈져 버리라는 인간들이요? 잘도 불쌍히 여겨 주겠네요!
농부1　그렇구말구. 어딘들 안 그러겠소?
농부2　한창 먹고 마실 땐 잘한다, 잘한다 하면서 치켜세워 주더니, 다 처먹고 나선 병신 취급하면서 꺼지라고 하니, 거참!
농부3　원, 세상에!
파벨 페트로비치　그 흉악스런 인간들이 잘난 척은 또 어찌나 오지는지 아세요? '소테 아 라 바몽'이라고 아세요? '바바사리'는요? 다 제가 할 줄 아는 요리라고요! 생각을 좀 해 보세요! 황제 폐하께서 드신 음식도 만들었던 몸이에요, 제가! 근데 이젠 뭐? 필요가 없어? 이 흉악스런 인간들! 저도 가만있지만은 않을 겁니다!
루케리야　아이고, 거참, 입만 사셨네. 이 아저씰 어쩌면 좋아? 다른 사람들한테 들키기 전에 얼른 저 구석탱이로 올라가요! 집사님이나 누가 들어오기라도 하면 우리 둘 다 쫓겨난다니까요.

침묵이 흐른다.

야코프	제가 고향이 보즈넨스코예라는 곳인데, 혹시 아세요?
농부2	알다마다요. 우리 마을에서 멀어 봤자 17베르스타[28]도 안 되는 걸요? 여울 건너서 가면 더 가깝죠. 혹시 농사도 짓소?
야코프	농사는 동생이 짓고, 전 돈만 보내요. 몸은 비록 여기 있지만, 고향에 가고 싶어 죽을 지경입니다.
농부1	그렇구말구.
농부2	아니, 그럼 아니심이 댁 동생이었소?
야코프	예, 제 친동생입니다. 거기 맨 끝에 살아요.
농부2	모를 리가 있나. 세 번째 집이잖소.

제 13 장

타냐가 뛰어 들어온다.

---

28 러시아에서 미터법을 채택하기 전까지 사용했던 거리 단위다. 1베르스타(верста/versta)는 약 1.067킬로미터로, 17베르스타는 약 18.139킬로미터에 해당한다.(역자 주)

타냐	야코프 아저씨! 여기서 한가하게 이러고 계실 거예요? 마님이 부르세요!
야코프	지금 갈 거야. 위에 무슨 일 있어?
타냐	피프카가 짖잖아요. 배고픈가 봐요. 마님이 막 아저씨 욕하고 계세요. 사람이 인정머리도 없고, 피프카 밥 먹을 시간이 한참 지났는데 밥도 안 차려 준다면서요… (소리 내어 웃는다)
야코프	(나가려고 한다) 이런, 화나셨어? 이거 큰일 났네!
루케리야	(야코프에게) 여기 양배추 절임 가져 가요.
야코프	알았어, 얼른 줘. (양배추 절임을 가지고 나간다)

제 14 장

농부1	도대체 피프카가 누군데 밥을 안 차려 줬다는 거야?
타냐	개요. 이 댁 마님 갠데요… (자리에 앉아서 찻주전자를 들어 본다) 아직 차 있죠? 모자라실까 봐 제가

	더 가져왔어요. (찻주전자에 찻잎을 쏟아 넣는다)
농부2	개? 개한테 밥을 차려 줘?
타냐	그럼요! 커틀릿을 특별하게 만들어요. 기름기 없게요. 피프카, 그러니까 이 개 빨래도 제가 해 주는 걸요?
농부3	원, 세상에!
타냐	그 왜 개한테 장례 치러 줬다는 어떤 귀족 나리도 있는데요, 뭘.
농부3	그건 또 뭔 소리야?
타냐	저도 어디서 들은 얘긴데요, 어떤 귀족 나리가 수캐 한 마리를 키웠는데 그 수캐가 그만 죽었더래요. 그래서 추운 겨울이었는데도 그 수캐를 묻어 주러 간다고 마차를 타고 꽤나 멀리 갔나 봐요. 장례를 다 치르고 집에 돌아가는데 이 귀족 나리가 계속 울더래요. 근데 그날이 엄청나게 추운 날이어서 마부가 콧물이 줄줄 흐르니까 이렇게 닦았대요… 차 더 드세요. (차를 따른다) 근데 콧물이 계속 나니까 계속 닦는 거예요. 이걸 귀족 나리가 보고는 '자네 왜 우는가?'라고 물으니까 마부가 하는 말이 '아이고, 나리, 제가 어찌 안 울겠습니까요?

		그렇게 좋은 개가 세상에 또 어디 있겠습니까?'라고 말했대요. (깔깔 웃는다)
농부2	마부가 속으로 그랬을걸? '네놈이 뒈졌어도 눈물 한 방울 안 흘렸을 거다.' (껄껄 웃는다)
파벨 페트로비치	(페치카에서) 맞아요, 그랬을 거예요!
타냐	아무튼 그래서 그 귀족 나리가 집에 오자마자 부인한테 가서 '우리 마부는 정말 착한 거 같아. 집에 오는 내내 울더라고. 우리 드루족 세상 떠난 게 그렇게 슬펐나 봐. 마부 좀 불러줘. 보드카도 같이 한잔하고 상금도 1루블 줘야겠어.' 이랬다는 얘기예요. 마님도 이 얘길 아니까 야코프 아저씨가 개를 아끼지 않는다고 뭐라고 하시는 거구요.

농부들이 큰 소리로 웃는다.

농부1	정말 웃기네!
농부2	거참, 별일을 다 보겠네!
농부3	아이고, 아가씨 때문에 웃네그려.
타냐	(차를 더 따른다) 차 더 드세요. 근데 사실 여기서 사는 게 겉보기엔 좋아 보여도 어떨 때는 더러운

것들 다 치우면서 뒤치다꺼리하는 거 넌덜머리 나요. 에잇, 퉤! 차라리 시골이 더 나아요.

농부들이 차를 그만 마시겠다는 뜻으로 찻잔을 엎어놓는다.

타냐   (차를 따른다) 더 드세요, 예핌 할아버지! 더 따라 드릴게요. 미트리 할아버지도요.
농부3   그래, 그래, 따라 줘 봐.
농부1   그나저나, 얘야, 우리 일은 어떻게 돼 가고 있니?
타냐   다 잘되고 있어요.
농부1   세몬이 그러던데…
타냐   (급히 끼어들며) 뭐라고요?
농부2   에잇, 그놈 말은 당최 알아들을 수가 있어야지!
타냐   지금은 말씀드릴 수 없지만, 정말 최선을 다하고 있어요. (앞치마에 숨겨 뒀던 서류를 보여주며) 자, 이게 어르신들께서 가져오신 서류예요. 딱 한 번만 성공하면 되는건데요… (들떠서 비명을 지르듯 말한다) 그렇게만 되면 얼마나 좋겠어요!
농부2   조심해, 서류 잃어버릴라. 그것도 다 돈 주고 해 온 거야.

타냐	염려 마세요. 그러니까 주인 나리 서명만 받으면 된단 말씀이잖아요.
농부3	그거 말고 더 바랄 게 뭐가 있겠어? 서명만 받으면, 그러니까, 완전 끝나는 거지. (찻잔을 엎어놓는다) 난 이제 그만 마실란다.
타냐	(방백) 서명은 꼭 받아 낼 거예요. 두고 보세요. (농부들에게) 좀 더 드세요. (차를 따른다)
농부1	이 댁 나리가 땅을 팔게만 만들어 주면 우리 마을에서도 네가 시집올 수 있도록 밀어줄 게야. (차를 사양한다)
타냐	(차를 따라서 건넨다) 드세요.
농부3	이 일만 잘되면 마을에서도 네 결혼을 팍팍 밀어줄 거고 나도 네 결혼식에 가서 춤을 추마. 내가 여태껏 어디서 한 번도 춤춘 적이 없는데, 네 결혼식에서는 춤 한번 추지, 뭐.
타냐	(소리 내어 웃으며) 알겠어요. 기대할게요.

침묵이 흐른다.

농부2	(타냐를 이리저리 살펴본다) 다 좋은데, 농사일은

못 하게 생겼네.

타냐   제가요? 아니, 제가 약골로 보이세요? 제가 우리 주인마님 꽉 조이는 걸 보셨으면 그런 말씀 못 하실걸요? 웬만한 남자들도 저처럼은 못 한다구요.

농부2   주인마님을 왜 꽉 조여? 뭘 꽉 조인단 소리야?

타냐   아이, 그 왜 여기까지 오는 그런 재킷처럼 생겼는데 뼈대로 돼 있는 거 있잖아요. 그럴 허리 부분을 끈으로 조이는 거예요. 손바닥에 침까지 뱉고 말 메우는 것처럼요.

농부2   뱃대끈 졸라매듯 조인단 소리야?

타냐   네, 맞아요, 뱃대끈 졸라매듯이요. 근데 주인마님을 발로 막 이렇게 누르지는 못해요. (소리 내어 웃는다)

농부2   근데 주인마님을 뭐 하러 그렇게 꽉 조여?

타냐   그야 뻔하죠.

농부2   자기 몸을 괴롭히면서 무슨 속죄라도 하시는 거야?

타냐   아니요. 그냥 예뻐 보이려고요.

농부1   그러니까 보기 좋으라고 배때기를 조여 준단 애기지?

| 타냐 | 제가 주인마님 눈알이 튀어나올 정도로 아주 세게 조일 때도 있는데, 그때도 주인마님은 막 '더 조여, 더!' 이러신다구요. 그러면 손이 얼얼할 정도로 더 세게 조여 주죠. 이래도 제가 약골로 보이세요? |

농부들이 고개를 절레절레하면서 큰 소리로 웃는다.

타냐	어머, 제가 너무 떠들었네요. (웃으면서 뛰어 나간다)
농부3	아이고, 저 처자 때문에 웃네그려!
농부1	참 야무진 처자야!
농부2	뭐, 괜찮은 처자네요.

제 15 장

사하토프와 바실리 레오니드이치가 들어온다. 사하토프의 손에는 찻숟가락이 들려 있다.

바실리 레오니드이치 점심까지는 아니고, déjeuner dînatoir[29][30]
라고 해야겠네요. 단언컨대 최고의 아침 식사였습니다. 특히 새끼돼지 햄은 환상 그 자체였어요! 룰리예가 요리 솜씨 하나는 정말 끝내주네요. 제가 학교 다니느라 정말 오랜만에 집에 온 거잖아요. (농부들을 발견하고) 아니, 이 영감님들이 이젠 또 여기 계시네?

사하토프 맞네, 맞아. 정말 훌륭한 식사였어. 근데 우린 이 물건을 숨기러 왔잖는가. 그래, 어디다 숨길까?

바실리 레오니드이치 잠시만요, 차관님. (루케리야에게) 내 개들은? 어딨지?

루케리야 그야 마부 양반 방에 있죠. 주방에 들여놓을 순 없잖아요.

바실리 레오니드이치 아, 마부방에? 알겠어.

사하토프 아직 멀었나?

바실리 레오니드이치 아이고, 이거 정말 죄송합니다. 네? 아, 숨기는 거 말씀이시죠? 차관님, 이건 어떻겠습니까? 이 할배들 중에 한 사람 골라서 그 사람 주머니에

---

29 원문상 표기를 그대로 유지했다. 바른 철자는 'dînatoire'이다.(역자 주)
30 푸짐한 아침식사 (프랑스어)

숨기는 겁니다. 이 할배 어떻습니까? 이봐, 할배. 어? 할배 주머니 어딨어?

농부3 내 주머니는 얻다 쓰게요? 옜소, 주머니! 여긴 돈이 들었다구요!

사하토프 그럼 돈주머니는 어딨소?

농부3 그건 또 얻다 쓰게요?

루케리야 아저씨, 말투가 그게 뭐예요? 이 댁 도련님이랑 손님한테?

바실리 레오니드이치 (큰 소리로 웃는다) 차관님, 이 할배가 왜 이렇게 겁을 먹었는지 아십니까? 사실은 이 할배 지금 돈을 엄청 많이 가지고 있거든요. 네?

사하토프 그래, 그래, 알겠네. 그건 그렇고 이렇게 하세. 자네가 저 사람들이랑 얘기를 좀 해 봐. 그러는 동안 내가 저 가방에 물건을 슬쩍 넣어 보겠네. 저 사람들이 눈치채지 못하게. 그래서 이따가 아무한테도 못 알려 주도록 말이지. 어서 가서 얘길 좀 나눠 보게.

바실리 레오니드이치 네, 네, 그러죠. (농부들에게) 저기, 할배들, 그래서 땅은 사는 거야? 어?

농부1 저희야 정말 진심으로 제안을 드리고 있습죠. 근데 진척이 영 안 되고 있습니다요.

바실리 레오니드이치 지갑을 그냥 열라구. 땅은 중요한 거야. 내가 박하 얘기도 해 줬잖아. 아니면 담배도 괜찮아.

농부1 그렇구말구요. 뭐든 괜찮습죠.

농부3 그르지 말고, 도련님이 아버님한테 부탁 좀 해 줘요. 우린 어떻게 살란 말입니까? 땅이 모자라서 소는커녕 닭 한 마리 풀어놓을 데도 없는데.

사하토프 (숟가락을 농부3의 가방 안에 넣는다) C'est fait.[31] 다 됐어. 이제 가세. (퇴장한다)

바실리 레오니드이치 지갑 좀 열란 말이야. 어? 그럼 이만. (퇴장한다)

제 16 장

농부3 내가 그랬잖아, 문간방에 있자고. 글쎄, 우리 마을 사람들이 한 사람당 10코페이카짜리 은화 한 잎씩

---

31 다 됐네. (프랑스어)

　　　　　만 냈어도 그냥 아무 탈 없이 끝낼 일을, 뭐 이런 어처구니없는 경우가 다 있어? 다짜고짜 돈부터 내놓으라니, 원. 이게 뭔 짓거리야?
농부2　　술 처먹고 취했나 봐요.

농부들이 모두 찻잔을 엎어놓고 일어나서 성호를 긋는다.

농부1　　아까 전에 이 집 아들이 박하 심으라는 말 했던 거, 기억나지? 그 말도 잘 따져 볼 필요가 있어.
농부2　　그러니까요. 박하 농사라뇨? 어디 한번 직접 해 보라고 하세요. 등골이 휘도록 일만 하다가 애써 수확한 박하는 죄다 허리 고치는 약으로만 쓸 게 뻔한데… 어이구, 도련님, 정말 고맙습니다! 그나저나, 루케리야, 우린 어디서 자면 되죠?
루케리야　페치카 위에서 한 분 주무시고, 두 분은 각자 벤치 하나씩 쓰세요.
농부3　　하느님 아버지, 감사합니다. (기도한다)
농부1　　하느님의 은총으로 거래가 잘 성사되면 좋으련만. (눕는다) 내일 점심때 지나서 기차로 출발하면 화요일에는 집에 도착할 수 있을 텐데.

농부2 불은 안 꺼요?

루케리야 끄긴 뭘 꺼요? 이 사람 저 사람 계속 들이닥쳐들 댈 텐데. 어서 주무세요, 불빛은 좀 낮춰 드릴 테니까.

농부2 에휴, 땅도 모자란데 어떻게 먹고살겠어요? 우리 집은 올해 성탄절부터는 곡식을 줄창 사다 먹고 있다니까요. 귀리짚도 다 떨어졌어요. 4데샤티나만 있으면 세묜 이 녀석도 집에 데려갈 수 있을 텐데 말이죠.

농부1 그래, 자네한텐 가족이 먹고사는 문제니까 그럴 테지. 걱정 마! 땅만 넘겨받으면 원하는 만큼 가져가서 농사를 지으라고. 거래가 잘 성사되면 말이야.

농부3 성모 마리아님께 빌어 봐. 어쩌면 자비를 베풀어 주실지도 몰라.

제 17 장

정적이 흐르는 가운데 간간이 한숨 소리가 들린다. 이윽고 사람들의 발소리와 웅성대는 소리가 들리더니 문이 활짝 열린다. 눈을 가린 채 사하토프의 손을 잡고 있는 그로스만, 교수와 의사, 뚱뚱한 부인과 레오니드 표도로비치, 벳시와 페트리셰프, 바실리 레오니드이치와 마리야 콘스탄티노브나, 안나 파블로브나와 남작부인, 표도르 이바느이치와 타냐 등이 우르르 쏟아져 들어온다. 세 농부와 루케리야가 여전히 무대에 있고, 파벨 페트로비치 역시 보이지는 않지만 여전히 무대에 있다. 농부들이 벌떡 일어난다. 그로스만이 잰걸음으로 들어오더니 이내 멈춰 선다.

뚱뚱한 부인 염려들 마세요. 제가 관찰하는 중이에요. 관찰하는 건 제 책임이니까 제대로 한번 해 볼게요. 근데 차관님, 차관님이 이리로 오도록 유도하신 건 아니죠?

사하토프 당연히 아닙니다.

뚱뚱한 부인 일부러 유도하셔도 안 되고, 그렇다고 못 가게 막으셔도 안 돼요. (레오니드 표도로비치에게) 근데 전 이 실험을 잘 알아요. 직접 해 봤거든요. 가끔 어떤 기운을 느낄 때가 있는데, 그걸 느끼는 그 순간에…

레오니드 표도로비치 조용히 좀 해 주시겠습니까.

뚱뚱한 부인 아, 당연히 그래야죠! 저도 직접 해 봐서 알아요. 집중력이 흐트러지자마자 이미…

레오니드 표도로비치 쉿!

   사람들이 왔다 갔다 하면서 농부1과 농부2의 주변을 뒤지더니 농부3에게 다가간다. 그로스만이 벤치에 발이 걸려 비틀거린다.

남작부인 Mais dites-moi, on le paye?[32]

안나 파블로브나 Je ne saurais vous dire.[33]

남작부인 Mias c'est un monsieur?[34]

안나 파블로브나 Oh, oui.[35]

남작부인 Ça tient du miraculeux. N'est-ce pas? Comment

---

32 설마 저 사람한테 돈 주셨어요? (프랑스어)

33 저는 잘 몰라요. (프랑스어)

34 저 사람도 귀족 집안 출신인가요? (프랑스어)

35 아유, 그럼요. (프랑스어)

est-ce qu'il trouve?[36]

안나 파블로브나 Je ne saurais vous dire. Mon mari vous l'expliquera. (농부들을 발견하고 주위를 둘러보다 루케리야를 발견한다) Pardon…[37] 이건 또 뭐야?

남작부인이 사람들이 모여 있는 곳으로 다가간다.

안나 파블로브나 (루케리야에게) 저 사람들은 또 누가 들인 거야?
루케리야 야코프 아저씨가 데려왔어요.
안나 파블로브나 야코프는 대체 누구 말을 듣고 이런 짓을 한 거야?
루케리야 전 모르죠. 집사님도 저분들 봤어요.
안나 파블로브나 여보!

레오니드 표도로비치는 안나 파블로브나가 부르는 소리를 못 듣고 물건 찾기에 여념이 없다. 그리고 계속해서 '쉿' 소리를 내며 사람들을 조용히 시킨다.

---

36 이건 초자연적인 현상이에요. 그렇지 않나요? 저 사람이 어떻게 그걸 찾아내는 거죠? (프랑스어)
37 저는 잘 몰라요. 제 남편이 설명해 줄 거예… 실례할게요. (프랑스어)

안나 파블로브나 표도르! 이게 무슨 소리야? 내가 전실 싹 소독해 놓은 거 못 봤어? 근데 지금은 흑빵이며 크바스며 할 것 없이 온 주방이 이렇게 오염됐잖아.

표도르 이바느이치 여기는 위험하지 않을 줄 알았습니다. 근데 용건이 있어서 온 사람들 아닙니까. 게다가 시골에서 온 사람들이라 돌아갈 길도 멀고 말이죠.

안나 파블로브나 그게 더 문제야. 디프테리아 때문에 사람들이 파리떼처럼 무더기로 죽어 나간다는 쿠르스크에서 온 사람들이잖아. 게다가 저 사람들 집에 들이지 말라고 내가 분명히 말했잖아. 내가 그랬어? 안 그랬어? (농부들 주위에 모여 있는 사람들 무리로 다가간다) 조심하세요! 저 사람들한텐 손대면 안 돼요! 저 사람들, 전부 다 디프테리아 보균자예요!

아무도 안나 파블로브나의 말을 귀담아듣지 않는다. 안나 파블로브나는 우아한 자세로 물러서서 가만히 기다리며 서 있다.

페트리셰프 (요란하게 코를 훌쩍인다) 디프테리아균은 잘 모르겠고, 뭔가 다른 균이 공기 중에 있어요. 안 느껴지세요?

벳시 말도 안 되는 소리 좀 그만해요! 오빠, 어떤 가방인데?

바실리 레오니드이치 어, 그거야, 그거! 거의 다 왔어.

페트리셰프 이것은 향수 냄새일까요? 귀신 냄새일까요?

벳시 바로 이럴 때 필요한 게 당신 담배 연기예요. 어서 연기를 뿜어 보세요. 제 옆으로 더 가까이 와서요.

페트리셰프가 허리를 굽히고 담배 연기를 사방에 내뿜는다.

바실리 레오니드이치 맞아요, 이제 다 왔어요. 네?

그로스만 (불안한 기색으로 농부3의 주위를 더듬거린다) 여기예요, 여기. 여기에 있는 것 같아요.

뚱뚱한 부인 기운이 느껴지나요?

그로스만이 가방 앞에서 몸을 수그리너니 순가락을 꺼낸다.

다 함께 브라보!

모두가 환호한다.

계몽의 열매 153

바실리 레오니드이치 어라, 우리 숟가락이 여기에 있었네? (농부3에게) 그러니까 할배가 그런 거야?

농부3 내가 뭘 그랬다는 거예요? 도련님 숟가락 내가 훔친 거 아니에요. 왜 날 엮어요? 난 안 훔쳤어요. 정말이에요. 난 전혀 모르는 일이에요. 어디 맘대로들 해 봐요! 내가 진작에 이럴 줄 알았어요. 우리한테 와서 괜히 말 걸었던 것도 다 무슨 꿍꿍이가 있어서 그런 거잖아요. 돈주머닐 내놓으라고 하질 않나. 암튼 난 안 훔쳤다구요. 하느님께 맹세코 난 아니에요.

무리 중 젊은이들이 농부3을 에워싸고 웃는다.

레오니드 표도로비치 (아들에게 화를 내며) 또 바보짓이냐? (농부3에게) 이보시오, 걱정 마시오. 당신이 안 훔쳤다는 거 다 알고 있소. 우리가 그냥 실험을 좀 해 본 것뿐이라오.

그로스만 (눈가리개를 벗고 그제야 정신을 차린 척한다) 무⋯물 좀 주⋯주세요.

모든 사람들이 그로스만 주변에서 부산을 떤다.

바실리 레오니드이치 자, 이제 다 같이 마부방으로 가 봅시다. 거기 가서 제가 데려다 놓은 발정난 수캐 보여 드릴게요. Epatant[38]! 네?

벳시 말 좀 이쁘게 하자. 그냥 '개'라고 하면 어디가 덧나?

바실리 레오니드이치 그건 안 돼지. 가령 너를 근사한 사람이라고 표현할 때 '벳시'라는 고유 명사와 'epatant'이라는 형용사는 함께 쓸 수 없어. 이 형용사는 일반 명사랑만 써야 하거든. 그래서 'epatant'이라는 형용사를 쓸 때는 고유 명사인 '벳시' 대신에 일반 명사인 '아씨'를 써야 하는 것과 같은 이치야. 어? 그렇죠, 마리야 콘스탄티노브나 씨? 가실까요? (껄껄 대며 웃는다)

마리야 콘스탄티노브나 네, 뭐, 가시죠.

마리야 콘스탄티노브나, 벳시, 페트리셰프, 바실리 레오니드이치가 퇴장한다.

---

38 정말 끝내줍니다! (프랑스어)

제 18 장

뚱뚱한 부인 (그로스만에게) 그래서요? 어때요? 정신이 좀 들어요? (그로스만이 대답을 하지 않자 사하토프에게) 차관님, 기운을 느끼셨나요?

사하토프 아무 느낌도 없던데요. 물론 훌륭했습니다. 아주 훌륭했어요. 아주 성공적이었습니다.

남작부인 Admirable! Ça ne le fait pas souffrir?[39]

레오니드 표도로비치 Pas le moins du monde.[40]

교수 (그로스만에게) 부탁 드립니다. (체온계를 건넨다) 실험을 시작했을 때는 37.2도였어요. (의사에게) 그렇죠? 맥박 좀 확인해 주시겠습니까? 기력이 소모되는 건 어쩔 수 없습니다.

의사 (그로스만에게) 자, 맥박 좀 재겠습니다. 어디 한 번 봅시다. (시계를 꺼내고 그로스만의 손목을 잡는다)

뚱뚱한 부인 (그로스만에게) 근데요, 아까 당신이 처했던 상태

---

39 굉장하군요! 저 사람 아픈 건 아니죠? (프랑스어)
40 전혀 그렇지 않습니다. (프랑스어)

	를 잠을 자던 상태라고 할 수는 없겠죠?
그로스만	(피곤해하며) 최면 상태였습니다.
사하토프	아니, 그러니까, 당신이 자기 스스로에게 최면을 걸었다는 뜻입니까?
그로스만	아니면 뭐겠습니까? 최면이라는 게 그럴 수도 있는 겁니다. 연상 작용, 그러니까 이를테면 샤르코[41] 교수의 사례에서처럼 톰톰[42] 소리를 들었을 때만 최면에 걸리는 게 아니에요. 최면 구역에 들어가기만 해도 걸리는 겁니다.
사하토프	그렇다고 치더라도 최면에 관한 더 명확한 정의가 있어야 마땅하지 않겠습니까?
교수	최면이란 한 에너지가 다른 에너지로 전환되는 현상입니다.
그로스만	샤르코 교수의 정의는 그렇지 않습니다.
사하토프	저기, 저기, 잠시만요. 교수님의 정의는 그렇습니다

---

41 당대 프랑스의 신경 병리학자인 장 마르탱 샤르코(Jean-Martin Charcot, 1825-1893)를 지칭하는 것으로 추정된다. 샤르코는 신경 병리학자로서 의사 및 교수로 활동했다. 오늘날 근육이 서서히 위축하는 질환을 통틀어 일컫는 '루게릭병'으로 알려진 '근위축성측삭경화증'이라는 용어를 처음으로 사용한 장본인이도 하다. 전쟁을 겪은 사람들에게서 발현되는 히스테리에 대한 연구도 했는데, 히스테리의 기질적 요인을 밝히기 위해 최면술을 활용했다.(역자 주)

42 아프리카의 전통 악기로, 북처럼 손으로 두르려 소리를 낸다. 손으로 두드리는 면은 비교적 작고 몸통은 세로로 길다.(역자 주)

만, 리보 교수가 제게 직접 말하길…

의사 (짚고 있던 맥에서 손을 떼며) 좋습니다, 좋아요. 이제 체온만 재면 됩니다.

뚱뚱한 부인 (대화에 끼어들며) 아니, 잠깐만요! 저도 교수님 말씀에 동의해요. 여기 아주 확실한 증거가 있잖아요. 제가 병에 걸려서 의식을 잃고 누워 있었는데 갑자기 말을 하고 싶은 충동이 막 드는 거예요. 제가 원래 말수가 적은 편인데 이상하게 말을 계속하고 싶더라니까요. 근데요, 그 와중에 제가 정말로 말을 하니까 다들 놀랐다고 하더라고요. (사하토프에게) 그나저나 제가 차관님 말씀을 끊은 건 아니죠?

사하토프 (점잖게) 전혀 아닙니다. 계속 말씀하세요.

의사 맥박은 82에, 체온은 0.3도 올랐습니다.

교수 보세요, 여기 증거가 있잖습니까! 이게 정상입니다. (수첩을 꺼내 기록한다) 82라고 하셨죠? 그리고 32.5도고요? 최면 상태에 들어가게 되면 심장은 반드시 더 세게 뛰게 됩니다.

의사 제가 의사로서 보증할 수 있습니다. 교수님 예상이 적중했습니다.

교수　　　(사하토프에게) 그러니까 아까 하셨던 말씀이…

사하토프　제가 드리려던 말씀이 뭐였냐면, 리보 교수가 제게 직접 말하길, 최면이란 최면감수성을 강화하는 특별한 심리 상태라는 겁니다.

교수　　　그건 맞는 말입니다. 하지만 여기서 관건은 등가의 법칙이죠.

그로스만　게다가 리보 교수는 그다지 권위 있는 사람도 아니잖습니까. 반면 샤르코 교수는 다각적인 연구를 통해 최면을 유발하는 것이 충격이나 외상이라는 사실을 입증해 냈고…

사하토프, 그로스만, 교수 셋이서 동시에 말한다.

사하토프　저도 글쎄 샤르코 교수의 성과를 부정하는 건 아닙니다. 그 사람이 누군지 저도 잘 알아요. 단지 리보 교수의 말이 그렇다는 말씀입니다.

그로스만　(격앙된 목소리로) 살페트리에르 병원에 있는 환자가 3천 명입니다. 제가 그런 곳에서 전 과정을 수료한 사람이에요.

교수　　　잠시만요, 여러분. 중요한 건 그게 아닙니다.

뚱뚱한 부인 (대화에 끼어들며) 제가 딱 한마디로 설명해 드릴 게요. 제 남편이 아팠을 때 모든 의사가 포기했지만…

레오니드 표도로비치 자, 자, 어쨌든 안으로들 드십시다. 남작부인, 이쪽으로 오시죠.

그로스만, 사하토프, 교수, 의사, 뚱뚱한 부인, 남작부인 등이 동시에 말하고 서로의 말을 가로채면서 퇴장한다.

제 19 장

안나 파블로브나 (레오니드 표도로비치의 소매를 붙잡고 멈춰 세운다) 집안일에 끼어들지 말라고 내가 몇 번을 말해요? 당신은 멍청한 짓거리만 할 줄 알지, 집안일은 다 내 차지라고요. 당신 때문에 사람들 다 병에 걸리게 생겼어요.

레오니드 표도로비치 아니, 누가? 뭘? 무슨 소린지 도통 모르겠군.

안나 파블로브나　　뭘 몰라요? 디프테리아에 걸린 인간들이 집 안으로 바로 연결된 주방에서 묵는다잖아요.

레오니드 표도로비치　아니, 난…

안나 파블로브나　　당신은 뭐요?

레오니드 표도로비치　아니, 난 아무것도 몰라.

안나 파블로브나　　한집안의 가장이면 알아야죠. 있을 수 없는 일이에요, 이건.

레오니드 표도로비치　그게 내 생각은 아니고… 난 그냥…

안나 파블로브나　　거참, 지겨워서 못 들어 주겠네!

레오니드 표도로비치가 입을 다문다.

안나 파블로브나　　(표도르 이바느이치에게) 당장 내보내! 저 인간들 내 주방에서 사라지라고 해! 정말 지긋지긋해서 못 살겠네. 다들 내 얘기는 귓등으로도 안 듣고 맨날 나만 못살게 굴고… 기껏 내쫓으면 뭐 해? 다를 도로 들이는 걸! (점점 더 흥분하여 눈물까지 흘린다) 나만 못살게 굴어! 나만! 몸도 안 좋은데… 선생님! 선생님! 의사 선생님! 이거 봐, 의사 선생도 가 버렸잖아! (흐느끼며 나가고 그 뒤를 레

오니드 표도로비치가 쫓아간다)

제 20 장

무대에 남은 등장인물 모두가 한동안 말없이 서 있는다.

농부3 아휴, 저 사람들은 정말 꿈에 볼까 무섭네! 여기 계속 있다간 철창신세 지겠어. 난 평생 법 없이도 잘 살아왔다구. 우린 문간방에나 가세!

표도르 이바느이치 (타냐에게) 이제 어떡하지?

타냐 걱정 마세요, 집사님. 마부 아저씨 방으로 모실게요.

표도르 이바느이치 어떻게 거기다 모셔? 아까 마부도 자기 방이 온통 개 천지라고 우는 소릴 하더구만.

타냐 음, 그럼 문지기 아저씨 방으로 모실게요.

표도르 이바느이치 그러다 들키면 어떡하려고?

타냐 아무도 모를 거예요. 걱정 붙들어 매세요, 집사님. 이 오밤중에 저 어르신들을 어떻게 내쫓아요? 지금 나가봤자 길도 못 찾으실 텐데들.

표도르 이바느이치 그래, 네가 알아서 하거라. 여기에만 안 계시면 되니까. (퇴장한다)

제 21 장

농부들이 짐을 챙긴다.

파벨 페트로비치 저, 저 흉악스런 인간들! 배때기가 부르니까 저러지! 망할 놈의 인간들!

루케리야 그 입 좀 다물어요. 안 들킨 걸 천만다행으로 알고.

타냐 어르신들, 그럼 문지기 아서씨 방으로 모실게요.

농부1 그러면 우리 거래는 어떻게 되는 거냐? 그러니까 그 서명하고 도장 찍는 문제말이다. 기대하고 있어도 되는 거지?

타냐 딱 한 시간만 기다려 보자구요.

농부2 무슨 수라도 있는 거니?

타냐　　　하느님께서 다 알이시 해 주실 거예요.

막이 내려간다.

제3막

같은 날 저녁, 같은 집. 레오니드 표도로비치가 늘 심령회를 여는 작은 응접실.

제 1 장

레오니드 표도로비치와 교수가 대화를 나눈다.

레오니드 표도로비치 자, 그럼 오늘 심령회는 우리 새로운 영매랑 한번 열어 볼까요?

교수 그럽시다. 그자의 빙의력은 확실히 강력해요. 중요한 건 아까 있었던 사람들과 똑같은 사람들이 참석하는 조건에서 심령회를 열어야 한다는 겁니다. 그로스만 씨는 틀림없이 새 영매의 빙의력에 반응할 거고, 그렇게 되면 적잖은 현상이 지닌 연관성과 통일성이 훨씬 더 명확해질 겁니다. 이따 직접 보면 아시겠지만, 그자의 빙의력이 지금처럼 강력하다면 그로스만 씨의 몸이 떨리게 될 겁니다.

레오니드 표도로비치 그렇다면 전, 그러니까, 일단 세몬도 부르고, 또 심령회 참석을 원하시는 분들도 오라고 하겠습니다.

교수 네, 네, 그렇게 하시죠. 전 몇 가지 기록할 게 좀 있어서… (수첩을 꺼내 뭔가를 끄적인다)

제 2 장

사하토프가 등장한다.

사하토프 저쪽 사모님 방에서 2대 2로 하는 카드놀이판이 벌어졌는데 다들 편을 먹고 나니 저만 짝 없는 신세가 됐지 뭡니까. 게다가 마침 심령회가 궁금하기도 해서 이렇게 와 봤는데… 어떻게… 심령회는 열리는 겁니까?

레오니드 표도로비치 그럼요, 곧 열립니다.

사하토프 아니, 어떻게요? 빙의력이 강력하다는 캅치치라는 분도 없이요?

레오니드 표도로비치 Vous avez la main heureuse.[43] 그거 아십니까? 아까 제가 말씀드렸던 우리 집 하인 있잖습니까. 알고 보니 그자가 정말로 영매였지 뭡니까.

사하토프 설마요! 이거, 구미가 더 당기는데요?

레오니드 표도로비치 진짭니다. 점심 먹고 나서 그 친구를 데려다가 미리 한번 시험해 봤거든요.

사하토프 벌써 시험까지 해서 확인도 하신 겁니까?

레오니드 표도로비치 그럼요, 빙의력이 아주 뛰어난 친구더군요.

사하토프 (못 믿겠다는 듯이) 설마요!

레오니드 표도로비치 알고 보니 우리 집 하인들은 벌써부터 눈치를 채고 있었더라고요. 그자가 차 마시러 식탁에 앉기만 하면 숟가락이 손으로 저절로 날아든대요. (교수에게) 교수님도 이런 현상 들어 보셨죠?

교수 아니요, 그런 현상은 못 들어 봤습니다.

사하토프 (교수에게) 한데 교수님도 그런 게 가능하다고 보십니까?

교수 어떤 걸 말씀하는건지?

사하토프 그러니까, 뭐, 심령 현상이나 빙의 현상 같은, 그런

---

43 차관님께서 운이 참 좋으십니다. (프랑스어)

	초자연 현상 말입니다.
교수	그건 어떤 걸 초자연 현상이라고 부르느냐가 관건입니다. 산 사람이 아닌 돌덩이가 못을 끌어당겼다면 관찰자는 이 현상을 어떻게 봤을까요? 자연 현상으로 봤을까요? 초자연 현상으로 봤을까요?
사하토프	물론 일리 있는 말씀이지만, 자석이 어떤 물체를 끌어당기는 것과 같은 현상은 항상 반복되지 않습니까.
교수	심령 현상에서도 마찬가집니다. 어떤 현상이 반복적으로 발생하면 우린 그런 현상을 연구 대상으로 삼죠. 거기서 멈추지 않고 모든 현상의 일반적인 법칙을 연구 대상에 적용합니다. 어떤 현상이 초자연적으로 보이는 건 그 현상의 원인을 영매에게 돌리기 때문이죠. 하지만 그건 착각입니다. 그런 현상은 영매가 아니라 영매를 매개로 하는 영적 에너지에 의해 발생하거든요. 그게 바로 큰 차이죠. 핵심은 바로 등가의 법칙에 있는 겁니다.
사하토프	예, 물론 그렇긴 합니다만…

제 3 장

타냐가 들어와 커튼 뒤에 숨는다.

레오니드 표도로비치 딱 한 가지 명심하실 게 있습니다. 흄이나 캅치치한테도 그랬지만, 이따가 우리와 함께 하게 될 새 영매한테도 아무것도 기대하시면 안 됩니다. 실패할 수도 있고, 아니면 망령의 완벽한 형체화가 일어날 수도 있어요.

사하토프 형체화까지요? 대체 어떤 형체화를 말씀하시는 거죠?

레오니드 표도로비치 그 왜 있잖습니까. 망자가 나타나는 거죠. 이를테면 차관님의 아버님이나 할아버님이 나타나시 차관님 손을 잡고 뭔가를 건네준다거나 지난번에 여기 교수님께서도 겪으신 것처럼 누군가 갑자기 공중으로 떠오른다거나 하는 그런 일이죠.

교수 맞습니다. 바로 그런 겁니다. 하지만 그런 현상을 설명하고 거기에 일반적인 법칙을 적용하는 게 더 중요한 일이죠.

제 4 장

뚱뚱한 부인이 등장한다.

뚱뚱한 부인 이 댁 부인께서 여기 와도 괜찮다시길래 한번 와 봤어요.

레오니드 표도로비치 어서 오십시오!

뚱뚱한 부인 아니 근데, 그로스만 그 양반 기력이 영 없던데요. 찻잔도 제대로 못 들더라고요. 그 양반 얼굴 허예지는 거 눈치채셨어요? (교수에게) 그 물건 근처에 갔던 그 순간 말이에요. 전 바로 알아보고 제일 처음으로 이 댁 부인께 말씀드렸거든요.

교수 당연히 활력을 소모했을 테지요.

뚱뚱한 부인 제 말이 그 말이에요. 그런 건 함부로 쓰면 안 되는 법이라고요. 제 지인 중에 베로치카 콘쉬나라는 여자가 있는데, 교수님도 아시잖아요, 아무튼 최면술사가 이 여자한테 담배 끊으라고 최면을 걸었는데, 이 여자가 허리가 아프기 시작했다니까요.

교수 (말을 하려고 한다) 체온과 맥박을 측정하면 명확히 알 수…

뚱뚱한 부인 잠시만요. 제 말씀 좀 들어 보세요. 그래서 제가 그 여자한테 신경과민으로 고생하느니 차라리 담배를 피우는 게 낫겠다고 말했어요. 물론 담배는 해롭죠. 저도 끊고 싶어요. 근데 못 끊겠는 걸 어쩌겠어요? 2주 동안 끊어도 봤는데 결국 못 참고 도로 피웠잖아요.

교수 (재차 말을 하려고 시도한다) 확실한 결과가 나오게…

뚱뚱한 부인 아뇨, 잠시만요. 한말씀만 드릴게요. 방금 힘을 소모했다고 하셨죠? 제 말씀을 드려 보자면, 옛날에 역마차 타고 다니던 시절에… 그땐 길이 정말 엉망이었는데, 교수님은 기억 안 나시죠? 아무튼 그때 제가 내심 깨달은 게 있어요. 교수님은 어떻게 생각하실지 모르겠지만, 이 신경과민이라는 게 다 그 철도 때문이더라고요. 아니, 저만 하더라도 기차에서는 잠을 못 자요. 죽었다 깨어나도 잠이 안 온다니까요.

교수 (재차 말을 하려고 하지만, 뚱뚱한 부인은 말할 틈을 주지 않는다) 힘을 소모한다는 게…

계몽의 열매

사하토프 (미소를 지으며) 예예, 맞습니다.

레오니드 표도로비치가 벨을 울린다.

뚱뚱한 부인 하룻밤, 이틀 밤, 사흘 밤이나 잠을 안 잤는데도 도무지 잠이 안 오더라니까요.

제 5 장

그리고리가 등장한다.

레오니드 표도로비치 집사한테 심령회에 필요한 모든 걸 준비하라고 전하고 세몬 좀 불러다 주게. 식당일 거드는 세몬 말이야. 누구 말하는지 알지?
그리고리 알겠습니다! (퇴장한다)

제 6 장

교수 (사하토프에게) 체온과 맥박을 측정한 결과 활력이 소모된 것으로 나타났습니다. 빙의력이 발현될 때도 마찬가지일 겁니다. 에너지 보존 법칙에 따라…

뚱뚱한 부인 아 참, 딱 한말씀만 더 드리자면, 평범한 시골 청년이 영매였다는 게 얼마나 기쁜지 몰라요. 정말 훌륭하지 않나요? 제가 늘 얘기했듯이 슬라브주의자들이…

레오니드 표도로비치 일단 응접실로 가시죠.

뚱뚱한 부인 잠시만요. 한말씀만 드리자면… 슬라브주의자들이 옳긴 하지만, 전 남편한테 늘 말했어요. 뭐든 과하면 안 된다고 말이죠. '중용'이란 게 뭔지 아시잖아요. 그런데 대체 어떻게 평민들이 죄다 훌륭하다고 주장할 수 있겠어요? 제가 직접 본 게 있는데…

레오니드 표도로비치 자, 응접실로 가실까요?

뚱뚱한 부인 요만한 어린애가 벌써 술을 마시는 거예요. 전 그 자리에서 당장 호되게 꾸짖었죠. 근데 그 애가 나중엔 저더러 고맙다고 하더라고요. 평민들은 어린 애들이나 마찬가지예요. 어린애들한테는 말이죠, 제가 늘 하는 얘기지만, 당근과 채찍을 적절히 사용해 줘야 하는 법이거든요.

모두 얘기를 주고받으며 퇴장한다. 타냐는 그대로 남아 있다.

제 7 장

혼자 남은 타냐가 숨어 있던 커튼 뒤에서 나온다.

타냐   제발, 꼭 성공하게 해 주세요! (실을 묶는다)

제 8 장

벳시가 급하게 들어온다.

벳시 여기 아빠 안 계셔? (타냐를 뚫어져라 쳐다보며) 넌 여기서 뭐 해?

타냐 아, 그게요, 아씨, 제가요… 할 게 좀 있어서… 그래서 들어왔는데… (당황해한다)

벳시 여기서 곧 심령회 열린다며? (타냐가 실을 감아 정리하고 있다는 걸 눈치채고 타냐를 빤히 쳐다보더니 웃음을 터뜨린다) 타냐, 너! 전부 네 짓이야? 발뺌할 생각 하지도 마. 저번에도 너였지? 그래, 너네, 너.

타냐 아씨, 제발요!

벳시 (반색하면서) 야, 이거 정말 끝내주는데? 난 정말 생각도 못 했어! 너 대체 왜 그런 거야?

타냐 아씨, 제발요! 아무한테도 얘기하면 안 돼요!

벳시 알았어, 절대로 안 해. 난 오히려 너무 좋은데? 대체 어떻게 한 거야?

계몽의 열매 177

타냐	아니, 그냥요. 몰래 숨어 있다가 불이 꺼지면 슬쩍 나와서 하는 거예요.
벳시	(실을 가리키며) 근데 이건 얻다가 쓰게? 잠깐, 말하지 말아 봐. 알겠다. 막 잡아당기고 그러는 거지?
타냐	아씨, 제발요! 아씨만 알고 계세요. 여태까진 그냥 장난이었는데, 이번엔 사정이 있어서 그래요.
벳시	어머, 뭔데? 무슨 사정인데?
타냐	사실은요. 그게, 아씨도 농부 어르신들 오신 거 보셨죠? 그 어르신들은 땅을 사려고 하는데, 주인 나리가 땅을 안 팔고 계세요. 서류에 서명도 안 하시고 어르신들한테 그냥 되돌려 주셨거든요. 근데 집사 아저씨 말씀이, 그게 다 망령이 주인 나리한테 시켜서 그러는 거라잖아요. 그래서 제가 꾀를 좀 내 본 거라구요.
벳시	어머, 너 머리 좀 쓸 줄 아는구나? 그래, 한번 해 봐. 근데 어떻게 할 건데?
타냐	제 계획은 이래요. 일단 불이 꺼지면 벽을 똑똑 두드려서 소리를 낸 다음에, 물건을 막 던지고, 이 실로 사람들 머리를 건드릴 거예요. 그리고 마지막에는요, 그 서류 있잖아요, 그거 지금 저한테 있거

	든요. 그 서류를 책상 위에다 던질 거예요.
벳시	그래서? 그다음엔?
타냐	뻔하죠, 뭐. 사람들이 막 놀라겠죠. 농부들한테 있었던 서류가 갑자기 나타났으니까요. 바로 그때 제가…
벳시	맞다, 오늘은 세몬이 영매라며!
타냐	네, 그래서 제가 세몬한테… (웃느라 말을 못 잇는다) 세몬한테 손에 잡히는 사람 아무나 꽉 쥐라고 할 거예요. 주인 나리만 빼고요. 어차피 세몬은 감히 주인 나리 못 건드려요. 어쨌든 서명 받아 낼 때까지 손에 잡히는 사람은 누구라도 꽉 쥐고 있으라고 할 거예요.
벳시	(깔깔 웃는다) 얘, 무슨 심령회가 그러니? 원래 영매는 직접 나서서 뭘 하지는 않는단 말이야.
타냐	아유, 괜찮아요. 어차피 다 거기서 거기예요. 잘되기만 하면 그만이죠, 뭘.

제 9 장

표도르 이바느이치가 등장한다. 벳시가 타냐에게 눈짓을 보내고 퇴장한다.

표도르 이바느이치   (타냐에게) 네가 여긴 어쩐 일이야?
타냐   아, 저기, 집사님 뵈러 왔는데…
표도르 이바느이치   무슨 일인데?
타냐   아니, 제가 아까 부탁드린 그 일 때문에요.
표도르 이바느이치   (웃으면서) 내가 다리를 아주 잘 놨다. 확실하게 합의를 했지. 축하주까지는 안 마셨지만 말이다.
타냐   (꺅하고 비명을 지른다) 어머, 정말루요?
표도르 이바느이치   아 그렇다니까. 네 시아버지 될 분이 그러더라. 네 시어머니 될 분이랑 얘기해 보고 하늘의 뜻에 맡긴다고 말이야.
타냐   정말요? (꺅하고 비명을 지르며) 아, 우리 집사님, 아저씨는 정말 평생 복 받으실 거예요.
표도르 이바느이치   에이, 됐다, 됐어. 내가 지금은 바쁘니까

	나중에 얘기하자꾸나. 심령횔 연다고 정리를 좀 하라는 지시가 있어서 말이다.
타냐	제가 도와드릴게요. 어떻게 정리하면 되죠?
표도르 이바느이치	어디 보자. 자, 우선 책상은 방 한가운데다 배치하고 의자랑 기타랑 아코디언도 갖다 놓으면 돼. 램프는 필요 없고 양초를 켜 두면 된단다.
타냐	(표도르 이바느이치와 함께 물건을 갖다 놓는다) 이렇게요? 여기엔 기타, 그리고 여기엔 잉크병… (잉크병을 놓는다) 맞죠?
표도르 이바느이치	근데 정말로 세묜 그 녀석을 영매로 쓰겠대?
타냐	그런가 봐요. 벌써 시험까지 했다나 봐요.
표도르 이바느이치	놀랄 노 자야! (pince-nez를 쓴다) 근데 세묜 그 녀석 몸단장은 깨끗하게 했고?
타냐	그거야 전 모르죠.
표도르 이바느이치	그렇담 너 말이다, 저기…
타냐	네, 뭐요, 집사님?
표도르 이바느이치	가서 손톱솔이랑 '트리다스[44]' 비누 좀 가져다가, 못 찾겠거든 내 거라도 가져다가 말이다. 세

---

44 Тридас / Thridace – 실제로 19세기 후반에 러시아의 고급 화장품 브랜드 회사가 제조하여 황실을 비롯한 상류층을 대상으로 유통한 비누다.(역자 주)

계몽의 열매

	폰 그 녀석 손톱도 좀 다듬어 주고 말끔하게 씻겨 주렴.
타냐	씻는 거야 자기가 알아서 하겠죠.
표도르 이바느이치	그래, 그럼 그렇게 하라고 말이라도 좀 해. 그리고 속옷도 깨끗한 걸로 갈아입으라고 하고.
타냐	알겠어요, 집사님. (퇴장한다)

제 10 장

홀로 남은 표도르 이바느이치가 안락의자에 앉는다.

표도르 이바느이치	배울 만큼 배운 사람들이 말이야, 특히 그 크루고스베틀로프 씨는 교수라는 사람이 말이야, 가끔 보면 어쩜 그리도 미심쩍은지. 도모보이[45]니 주술사니 마녀니 하는 평민들이나 믿는 저속한 미

---

45 домовой / domovoy – 슬라브족 신화에 나오는 집의 정령, 즉 집에 붙어 있다고 믿었던 집귀신을 일컫는다.(역자 주)

신도 없어지고 있는 마당에… 따지고 보면 지금 하려는 이 짓도 다 미신이잖아. 아니, 망령이 말을 한다거나 기타를 친다는 게 애초에 말이 돼? 누군가에게 속고 있거나 스스로를 속이고 있는 거지. 더구나 세묜이 영매라는 건 더더욱 말이 안 되잖아. (사진첩을 들여다본다) 망령이 찍혔다는 이 사진들만 봐도 그래. 아니, 망령을 사진으로 찍는다는 게 가능하기나 한 일이냐고. 이 사진은 그냥 주인 나리께서 어떤 튀르키예 사람이랑 같이 앉아서 찍은 사진일 뿐이잖아. 인간이란 존재는 어찌 이리도 나약한지!

제 11 장

레오니드 표도로비치가 등장한다.

레오니드 표도로비치 (무대로 들어오면서) 어떻게, 준비는 됐지?

표도르 이바느이치　(슬렁슬렁 일어서며) 준비됐습니다. (미소를 지으며) 근데 괜히 세묜을 영매로 앉혀서 나리께서 망신이라도 당하시는 건 아닌지 왠지 찜찜합니다.

레오니드 표도로비치　아닐세, 교수님이랑 내가 벌써 실험을 해 봤네. 대단한 빙의력이었어!

표도르 이바느이치　그래도 왠지 찜찜해서 그럽니다. 그 친구 깨끗은 합니까? 그 친구가 손을 씻었는지, 안 씻었는지 같은 것에는 영 신경을 안 쓰시니 드리는 말씀입니다. 어쨌든 전 그런 것도 좀 께름직합니다.

레오니드 표도로비치　손? 아, 그렇군. 그 친구가 손이 더럽다고 생각하는 건가?

표도르 이바느이치　맞습니다. 시골서 농사짓던 사람 손이 오죽하겠습니까. 숙녀분들도 오실 거고 마리야 바실리예브나 부인도 계실 텐데 말입니다.

레오니드 표도로비치　그래, 알겠네.

표도르 이바느이치　한 가지 더 말씀드릴 게 있습니다. 마부 티모페이가 개 때문에 마부방 청결을 유지할 수 없다며 하소연을 해 왔습니다.

레오니드 표도로비치　(책상에 물건을 아무렇게나 놓으며) 개라니?

표도르 이바느이치　실은 도련님이 오늘 보르조이 세 마리를 데려와서는 죄다 마부방에 맡겨 놨습니다.

레오니드 표도로비치　(짜증스럽게) 집사람한테 알아서 하라고 해. 난 지금 바빠.

표도르 이바느이치　하지만 나리께서도 잘 아시잖습니까, 마님 성격에 이런 걸 아시면…

레오니드 표도로비치　그러니까 마음대로 하라고 하라니까. 자식 놈이라는 게 사고만 치고 다니고… 게다가 난 지금 시간이 없어.

제 12 장

헐렁한 반외투 차림의 세몬이 미소를 머금고 등장한다.

세몬　부르셨어요?

레오니드 표도로비치　그래, 그래. 일단 자네 손 좀 보세. 그래, 좋아, 아주 좋아. 자, 자네는 말이지, 아까처럼만

하면 되네. 앉아서 온몸을 그냥 느낌에 맡기면 돼. 아무 생각도 하지 말고.

세묜 제가 무슨 생각을 하겠어요? 생각이란 게 하면 할수록 더 꼬이기만 하는 건데요.

레오니드 표도로비치 그래, 바로 그거야. 빙의력이란 건 의식이 약할수록 더 강력해지거든. 그러니까 아무 생각도 하지 말고 온몸을 그냥 자네 기분에 맡기면 돼. 졸리면 그냥 자고, 걷고 싶으면 그냥 걸으면 되는 걸세. 알아듣지?

세묜 당연히 알아듣죠. 어려울 게 뭐가 있겠습니까?

레오니드 표도로비치 무엇보다 당황하지 않는 게 중요하다네. 자칫 당황이라도 하면 깜짝 놀라는 수가 있어. 망령의 세계라는 게 우리 눈엔 안 보이지만, 우리가 살고 있는 바로 여기에 존재한다는 걸 명심하게.

표도르 이바느이치 (말을 덧붙이며) 보이지 않는 존재라는 말씀이서. 알아듣지?

세묜 (웃는다) 당연히 알아듣죠. 시키시는 대로 하는 거야 식은 죽 먹기죠.

레오니드 표도로비치 자네 몸이 공중에 떠오른다거나 그보다 더한 일도 있을 수 있으니 겁먹지 말게.

세묜 집은요. 그쯤은 아무것도 아닙니다.

레오니드 표도로비치 그럼 이제 사람들을 모두 데려오겠네. 준비는 다 됐지?

표도르 이바느이치 예, 그런 것 같습니다.

레오니드 표도로비치 아, 참! 석판은?

표도르 이바느이치 아래층에 있습니다. 지금 바로 가져오겠습니다. (퇴장한다)

제 13 장

레오니드 표도로비치 자, 좋아. 그러니까 당황하지 말고, 편안하게 있게.

세묜 그럼 이 반외투라도 벗을까요? 그러면 더 편안할 것 같은데요.

레오니드 표도로비치 벗는다고? 아니네, 아냐, 그냥 입고 있게. (퇴장한다)

제 14 장

세묜 타냐 얜 진짜, 나한텐 또 이 짓거릴 시켜 놓고선 자긴 또 이것저것 던져 댈 셈인 거야? 애가 정말 겁도 없나?

제 15 장

벽지와 똑같은 색의 옷을 입은 타냐가 신발을 벗은 채 들어온다. 세묜이 웃음을 터뜨린다.

타냐 (조용히 하라고 다그친다) 쉿! 누가 들을라! 손가락에 성냥 먼저 붙이자, 아까처럼. (성냥을 붙인다) 됐다, 다 기억하고 있지?

세묜 (손가락을 접으며) 우선 성냥을 침으로 적시고… 그리고 나서 흔들기가 첫 번째. 그다음엔 이빨로

	딱딱 소리 내기, 이렇게… 이게 두 번째고. 아, 세 번째가 뭐였더라?
타냐	세 번째가 젤로 중요해. 잘 기억해. 서류가 책상에 떨어지면 내가 종을 울릴 거야. 그러면 자기가 곧바로 두 팔을 이렇게 벌리는 거야. 더 크게 벌려서 아무나 잡아. 옆에 앉은 사람 아무나 잡는 거야. 그리고 그렇게 잡은 사람을 꽉 쥐는 거야. (깔깔 웃는다) 주인 나리든 주인마님이든 상관하지 말고, 그냥 꽉 쥐고 절대로 놔주지 마. 그리고 잠결에 그러는 척 이를 갈든지, 아니면 으르렁거리든지, 이렇게… (으르렁거린다) 그러고 나서 내가 기타를 치기 시작하면 잠에서 깨는 척하는 거야. 알지? 기지개 켜면서 일어나는 그런 거 있잖아… 이제 알겠지?
세묜	그래, 다 알겠는데, 진짜 너무 웃겨.
타냐	웃으면 안 돼. 아니다, 웃어도 괜찮겠네. 사람들은 잠결에 웃는 줄 알 거야. 근데 딱 하나만 조심해. 불 꺼진 다음에 진짜로 잠들면 안 돼.
세묜	걱정 마. 졸리면 허벅지라도 꼬집을 테니까.
타냐	자기야, 정말 잘해 보자. 내가 시킨 대로만 해, 겁먹지 말고. 내가 그 서명 꼭 받아 내고 말 거야. 두

계몽의 열매

고 봐. 어머, 사람들 온다… (소파 밑으로 기어 들어간다)

제 16 장

그로스만, 교수, 레오니드 표도로비치, 뚱뚱한 부인, 의사, 사하토프, 안나 파블로브나 등이 들어온다. 세묜은 문가에 서 있다.

레오니드 표도로비치 의심하는 자들이여, 어서 오십시오! 오늘 우리가 함께할 영매는 우연찮게 찾아낸 새로운 인물이지만, 아주 의미심장한 현상이 발생하리라 기대됩니다.

사하토프 이거 정말 흥미진진합니다.

뚱뚱한 부인 (세묜을 가리키며) Mais il est très bien.[46]

안나 파블로브나 식당일이나 거드는 하인 치고는 그렇지만, 어디…

---

46 인상도 참 좋네요. (프랑스어)

사하토프 원래 아내는 남편이 하는 일을 늘 못 미더워하는 법이죠. 부인께서도 전혀 못 믿으시는 거죠?

안나 파블로브나 당연히 못 믿죠. 캅치치한테는 진짜로 특별한 뭔가가 있지만, 지금 이 상황은 어떻게 돌아가고 있는 건지 정말 모르겠네요!

뚱뚱한 부인 아니, 잠깐만요, 사모님. 그렇게 속단하시면 안 되죠. 제가요, 결혼하기 전에 희한한 꿈을 하나 꾼 적이 있어요. 꿈이라는 게, 아시다시피 언제 시작되는지도, 언제 끝나는지도 모르는 그런 거잖아요. 제가 바로 그런 꿈을 꿨는데…

제 17 장

바실리 레오니드이치와 페트리셰프가 들어온다.

뚱뚱한 부인 그 꿈 덕분에 정말 많은 걸 깨달았어요. 근데 요새 젊은이들은 (페트리셰프와 바실리 레오니드이치를 가리키며) 모든 걸 덮어놓고 부정한다니까요.

바실리 레오니드이치 확실하게 말씀드리지만, 전 그 어떤 경우에도 그 무엇도 부정하지 않는다고요. 네?

제 18 장

벳시와 마리야 콘스탄티노브나가 들어와 페트리셰프와 대화를 나누기 시작한다.

뚱뚱한 부인 초자연적인 현상을 우리가 어떻게 부정할 수 있겠어요? 이성에 부합하지 않는다고들 하지만, 그 이성이라는 게 비합리적일 수도 있는 건데, 그럼 어쩔 건데요? 사도바야 거리에서 매일 밤 그런 현상이 발생했다는 얘기 들어 보셨죠? 제 남편의 형님 되시는 분이⋯ 이걸 뭐라고 하죠? beau-frère[47] 말고 러시아어로 그게⋯ 시아버지도 아니고, 또 뭐가

---

47 처남(역자 주)

있죠? 이놈의 러시아어 호칭은 정말 안 외워진다 니까요. 아무튼 그 양반이 사흘 밤이나 연달아 그 현상을 찾아 돌아다녔는데, 결국 아무것도 못 봤다니까요. 그래서 그 양반한테 제가 뭐라 그랬냐면요…

레오니드 표도로비치 자, 그럼 어떤 분이 이 자리에 남아 계시겠습니까?

뚱뚱한 부인 저요, 저!

사하토프 저도요!

안나 파블로브나 (의사에게) 설마 선생님도 계속 계실 거예요?

의사 예, 크루고스베틀로프 교수가 이걸 통해 뭘 발견해 내는 건지 한 번이라도 봐야겠습니다. 증거도 없이 덮어놓고 부정만 할 수는 없잖습니까.

안나 파블로브나 그럼, 오늘 밤에 꼭 먹어야 하는 거죠?

의사 아니, 밤에 뭘 또 드시려고…? 아, 가루약 말씀이군요? 예, 드십시오. 그럼요, 드셔야죠… 제가 나중에 또 들르겠습니다.

안나 파블로브나 네, 그러시죠. (큰 소리로) messieurs et

　　　　　　mesdames,[48] 이따가 볼일 다 보시면 제 방에들 오
　　　　　　셔서 한숨 돌리세요. 아까 하다 말았던 카드 게임
　　　　　　마저 끝내자고요.

뚱뚱한 부인 꼭 갈게요.

사하토프 예, 알겠습니다!

안나 파블로브나가 퇴장한다.

제 19 장

벳시 　　　(페트리셰프에게) 저만 믿고 여기 계세요. 장담하
　　　　　　는데 아주 특별한 일이 벌어질 거예요. 내기할래
　　　　　　요?

마리야 콘스탄티노브나 　아니 정말 저걸 믿으시는 거예요?

벳시 　　　오늘은 믿어 보려고요.

마리야 콘스탄티노브나 　(페트리셰프에게) 그쪽은요? 믿으세요?

48　신사 숙녀 여러분 (프랑스어)(역자 주)

페트리셰프 '못 믿소, 못 믿소, 교활한 그 맹세들.'[49] 하지만 벳시 아가씨께서 믿으라면야…

바실리 레오니드이치 같이 계시죠, 마리야 콘스탄티노브나 씨. 네? 제가 뭔가 epatant한 생각이 떠올랐거든요.

마리야 콘스탄티노브나 안 돼요, 웃기지 마세요. 저 웃음 못 참는 거 아시잖아요.

바실리 레오니드이치 (큰 소리로) 저도 남겠습니다!

레오니드 표도로비치 (엄하게) 자, 여기 남아 계실 분들께 부탁드리겠습니다. 지금부터 하게 될 일을 한낱 농담거리로만 삼지는 말아 주십시오. 이건 진지한 일입니다.

페트리셰프 (바실리 레오니드이치에게) 이봐, 바실리, 너도 들었지? 우리도 여기에 남자. 여기 와서 앉아. 조심해. 겁먹지 말고.

벳시 그래요, 지금 마음껏 웃어 두세요. 이제 무슨 일이 벌어질지 한번 보라고요.

바실리 레오니드이치 진짜로 뭔가 벌어지면 또 어때? 그럼 대단한 일 아니야? 어?

페트리셰프 (몸을 덜덜 떤다) 아이고, 무서워라, 무서워! 마리

---

49 러시아 극작가 네스토르 쿠콜닉(Нестор В. Кукольник / Nestor V. Kukol'nik)이 쓴 시에 러시아 작곡가 미하일 글린카(Михаил И. Глинка / Mikhail I. Glinka)가 곡을 붙인 서정적 애가의 가사를 인용하고 있다.(역자 주)

	야 콘스탄티노브나 씨, 무서워 죽겠어요! 다리까지 후들거려요.
벳시	(깔깔 웃는다) 조용히 좀 해요!

모두 자리에 앉는다.

레오니드 표도로비치 다들 앉으시지요. 세몬, 너도 앉거라.
세몬 예, 알겠습니다. (의자 끝에 살짝 걸터앉는다)
레오니드 표도로비치 똑바로 앉거라.
교수 자, 바른 자세로 의자 한가운데에 앉아서 긴장을 풀고 편안히 계세요.

벳시, 마리야 콘스탄티노브나, 바실리 레오니드이치가 웃음을 터뜨린다.

레오니드 표도로비치 (목소리를 높여) 남아 계실 분들께 부탁드립니다. 장난치지 마시고 진지하게 임해 주십시오. 자칫하면 결과가 좋지 못할 수도 있습니다. 바실리, 알겠느냐? 얌전히 앉아 있지 않을 거면 당장 나가거라.

바실리 레오니드이치 얌전히 있을게요! (풍풍한 부인의 등 뒤로 숨는다)

레오니드 표도로비치 교수님, 이제 최면을 거시죠.

교수 아닙니다. 여기 그로스만 씨도 계시는데 제가 감히 어떻게 하겠습니까? 이 분야에서의 경험으로 보나 빙의력으로 보나 훨씬 뛰어나신 분인데… 그로스만 씨가 하시죠.

그로스만 여러분! 저는 엄밀히 말하자면 심령론자가 아닙니다. 그냥 최면술을 연구한 사람일 뿐이죠. 최면술에 관한 한 최면술에서 발현되는 모든 현상을 연구해 온 건 사실입니다만, 이른바 심령론이라는 것에 대해서는 문외한입니다. 제가 피험자에게 최면을 걸어서 기대할 수 있는 건 단지 제가 알고 있는 최면 현상들뿐입니다. 이를테면 혼수상태, 의지 결여, 감각 상실, 통가 상실, 근육 겸직 등과 같은 온갖 최면 현상이죠. 하지만 심령론의 연구 대상은 이런 최면 현상들이 아니라, 전혀 다른 현상들입니다. 그렇기 때문에 어떤 종류의 현상을 기대하고들 계시는지, 또 그런 현상이 지닌 과학적인 의미가 무엇인지 알려 주시면 좋을 것 같습니다.

사하토프 그로스만 씨의 의견에 전적으로 동의합니다. 그로스만 씨께서 언급하신 사안에 대한 설명을 들을 수 있다면 훨씬 더 흥미로울 것 같습니다.

레오니드 표도로비치 (교수에게) 그건 우리 교수님께서 짧게 설명해 주시지 않겠습니까?

교수 물론이죠. 정 원하신다면 설명해 드릴 수 있습니다. (의사에게) 선생님께서 체온과 맥박을 좀 재 주시겠습니까? 제가 드릴 수 있는 설명이라고 해봤자 어쩔 수 없이 피상적이고도 간략할 수밖에 없을 겁니다.

레오니드 표도로비치 예, 그럼요, 짧게 부탁드립니다.

의사 지금 재 보죠.

교수가 체온계를 꺼내 의사에게 건넨다.

의사 어디 보자, 옳지! (체온계를 세묜의 입에 물린다)

세묜 네.

교수 (일어서서 뚱뚱한 부인과 눈인사를 나누고 다시 앉는다) 여러분! 오늘 밤 우리가 연구하려는 이 현상은 통상 새로운 무언가로 여겨지기도 하고, 자연조

건의 한계를 초월하는 무언가로 여겨지기도 합니다. 하지만 둘 다 아닙니다. 이 현상은 새롭다기보다는 우주만큼이나 오래됐고, 초자연적이지도 않죠. 오히려 우주의 모든 존재가 따르고 있는 바로 그 영원불변한 법칙의 지배를 받는 현상입니다. 이런 현상은 통상 영적 세계와의 소통으로 정의되어 왔어요. 하지만 이런 식의 정의는 부정확합니다. 그런 식의 정의에 따르면 영적 세계와 물질세계가 서로 대립한다고 하지만, 이 역시 옳지 않습니다. 대립 같은 건 없으니까요. 이 두 세계는 아주 밀접하게 맞닿아 있어서 두 세계를 가르는 분계선을 긋기란 도저히 불가능합니다. 우리는 물질을 이루는 것이 분자고…

페트리셰프 물질이라니… 지루해 죽겠어요!

수군대는 소리와 웃음소리가 들린다.

교수 (하던 말을 멈췄다가 이내 계속해서 말을 이어 간다) 또 분자를 이루는 것이 원자라고 말하고 있지만, 부피나 크기가 없는 원자는 결국 힘의 작용점입니다. 사실 엄밀히 말하자면 힘의 작용점이 아니라, 에너지의 작용점이죠. 물질과 마찬가지로 단일하면서도 소멸하지 않는 그런 에너지의 작용점이란 얘깁니다. 하지만 물질이라는 게 단일하긴 해도 형태가 다양한 것처럼 에너지도 똑같습니다. 지금까지 우리에게 알려진 상호 변환 가능한 에너지는 네 가지 형태뿐이죠. 바로 역학 에너지, 열에너지, 전기 에너지, 화학 에너지입니다. 그렇지만 이 네 가지 에너지만으로는 다양한 모든 형태의 에너지 발현 현상을 설명하는 건 절대로 불가능합니다. 에너지 발현 현상은 다양하고, 아직 알려지지 않은 새로운 에너지 중 하나가 바로 지금 우리가 연구하려는 이 에너지입니다. 바로 빙의 에너지, 즉 빙의력을 말하는 건데…

젊은 사람들 사이에서 다시 수군대는 소리와 웃음소리가 들린다.

교수 (말을 멈추고 엄한 눈빛으로 주위를 둘러보더니 이내 계속해서 말을 이어 간다) 빙의력은 아주 오래전부터 인류에게 알려져 있었죠. 이를테면 예언,

예감, 예견 그리고 그 밖의 많은 것들이 있는데, 이 모든 게 다름 아닌 빙의력의 발현입니다. 빙의력이 불러일으키는 현상은 아주 오래전부터 알려져 있었습니다. 하지만 빙의력은 아주 최근까지도 에너지로 인정받지 못했죠. 진동을 통해 빙의 현상을 일으키는 매질을 인정하고 나서야 비로소 빙의력을 에너지로 인정했죠. 빛의 현상이 무게 없는 물질인 에테르의 존재를 인정하고 나서야 비로소 설명 가능한 현상이 된 것처럼 빙의 현상도 마찬가지입니다. 에테르 입자 사이사이에는 삼차원의 법칙에 얽매이지 않는, 에테르보다도 훨씬 미세하며 무게도 없는 다른 물질이 존재한다는 사실은 이제 의심할 여지가 없는 진리로 자리잡았죠. 하지만 이 진리가 인정받기 전까지 빙의 현상은 불가사의한 일로 여겨졌고…

수군대는 소리, 웃음소리, 새된 소리가 다시 들린다.

교수 (엄한 눈빛으로 주위를 거듭 둘러본다) 또 수학적 계산을 통해 빛의 현상과 전기 현상을 일으키는,

무게 없는 물질 에테르의 존재를 반박의 여지 없이 증명해 낸 것처럼 헤르만 슈미트와 요제프 슈마초펜은 일련의 정교한 실험을 성공적으로 수행함으로써 온 세상을 가득 채우고 있는 영적 에테르라고 부를 만할 물질의 존재를 의심의 여지 없이 증명해 냈습니다.

뚱뚱한 부인 그렇군요, 이제 알겠어요. 정말 감사드려…

레오니드 표도로비치 알겠습니다. 그런데 교수님, 혹시 조금만 더 짧게 설명해 주실 수 있을까요?

교수 (아무 대꾸 없이 계속해서 말을 이어 간다) 따라서 제가 감히 말씀드린 바와 같이 일련의 엄격한 과학적 실험과 연구를 통해서 바로 이 빙의 현상의 법칙이 밝혀진 겁니다. 이런 실험을 통해 규명된 사실이 있는데요. 특정한 사람들은 최면 상태에 빠지는데, 이 상태와 수면 상태를 구분 짓는 유일한 차이점은, 최면 상태에 빠지게 되면, 아까 우리가 다 함께 확인했듯이, 생리 작용이 둔화하기는커녕 오히려 활성화한다는 점입니다. 또 피험자가 최면 상태에 빠지면, 피험자가 누가 됐든 간에, 영적 에테르에서는 한결같이 특정한 동요 현상이 발생합니다. 고체가 액체 속으로 가라앉을 때 발생하는 것과 매우 유사한 동요 현상이죠. 바로 그런 동요 현상이 우리가 말하는 빙의 현상이고…

웃음소리와 수군대는 소리가 들린다.

사하토프 전적으로 옳으신 말씀이고, 또 이해도 갑니다만, 하나만 여쭤봐도 되겠습니까? 교수님 말씀처럼 영매가 수면 상태에 빠져서 영적 에테르의 동요 현상이 발생하는 거라면, 이 동요 현상이라는 게, 심령회에서 으레 그렇듯이, 왜 항상 죽은 이들의 영혼이 활동하는 방식으로 나타나는 겁니까?

교수 그건 말입니다. 이 영적 에테르의 입자가 다름 아닌 산 자들과 죽은 자들과 태어나지 않은 자들의 영혼이기 때문이죠. 그래서 이 영적 에테르가 조금이라도 흔들리면 그 입자들이 반드시 일정하게 움직이게 되는 겁니다. 그 입자들은 다름 아닌 사람들의 영혼이고, 이 영혼은 일정한 움직임을 통해 서로 소통하기 시작하는 거죠.

뚱뚱한 부인 (사하토프에게) 아니, 그것도 몰라요? 이렇게 간단한

이치를… 교수님, 설명해 주셔서 정말 고맙습니다.

레오니드 표도로비치 이제 모든 게 명확해진 것 같으니 시작해도 될 것 같습니다.

의사 이 청년의 현재 상태는 아주 정상입니다. 체온은 37.2도고 맥박은 74입니다.

교수 (수첩을 꺼내 기록한다) 제가 말씀드린 내용의 증거가 바로 이겁니다. 우리가 곧 직접 보게 되겠지만, 영매가 수면 상태에 빠지면 체온과 맥박이 반드시 상승하게 됩니다. 최면 상태일 때와 똑같은 거죠.

레오니드 표도로비치 예, 맞습니다. 그런데 실례합니다만, 차관님께 이 말씀은 드려야 할 것 같습니다. 죽은 자들의 영혼이 우리와 소통한다는 걸 우리가 어떻게 알게 되느냐고 계속 물으시는데, 그건 그때 나타난 망령이 우리에게 직접 얘기를 해 주기 때문입니다. 정말 단순하죠. 망령 스스로가 자기가 누군지, 왜 나타나게 됐는지, 어디에 있는지, 잘 지내고 있는지 따위를 우리한테 얘기해 주기 때문입니다. 지난번 심령회에서는 돈 카스티요스라는 스페인인 망령이 나타나서 자기에 관한 모든 걸 얘기해 줬어요. 자기가 누군지, 언제 죽었는지, 종교 재판에 가담한 것 때문에 마음이 무겁다는 등의 얘길 하더라고요. 게다가 그 망령이 우리와 대화를 나누고 있었던 바로 그 순간 자기한테 무슨 일이 벌어지고 있는지도 얘기해 줬습니다. 그러니까 자기는 이 세상에 다시 태어나야 하고, 그렇기 때문에 우리와 시작했던 대화를 끝까지 마무리할 수 없다고 그러더라고요. 차관님께서도 직접 보시면 알게 되실…

뚱뚱한 부인 (말허리를 꺾으며) 어머, 정말 재밌네요! 그 스페인인 망령, 어쩌면 우리 집에서 태어나서 지금은 아기가 돼 있을 수도 있는 거잖아요.

레오니드 표도로비치 충분히 그럴 수 있죠.

교수 이제 시작할 때가 된 것 같군요.

레오니드 표도로비치 한마디 드리고 싶은 게 있었…

교수 시간이 벌써 이렇게나 됐군요.

레오니드 표도로비치 예, 그렇군요. 그럼, 시작하시죠. 그로스만 씨, 그럼, 영매에게 최면을 걸어주십시오.

그로스만 어떤 방식을 원하십니까? 통용되는 방식은 많습니다. 브레이드 방식, 이집트 상징 기법, 샤르코 방식 등등이 있죠.

레오니드 표도로비치 (교수에게) 전 아무래도 괜찮을 것 같습니다만…

교수 아무래도 상관없습니다.

그로스만 그렇다면 제가 오데사에서 시연했던 제 나름의 방식을 써 보도록 하겠습니다.

레오니드 표도로비치 그러시죠.

 그로스만이 세몬의 머리 위로 들어 올린 두 손을 흔든다. 세몬이 눈을 감고 기지개를 켠다.

그로스만 (세몬을 유심히 들여다본다) 잠이 듭니다. 잠이 들었습니다. 최면에 걸리는 속도가 굉장히 빠르군요. 피험자가 이미 감각 상실 상태로 들어간 것 같아요. 굉장합니다. 피험자의 감도가 유난히 좋아서 실험이 아주 흥미롭겠어요! (앉았다가 일어나더니 다시 앉는다) 이제 피험자 팔에 바늘을 꽂아도 피험자는 아무것도 못 느낄 겁니다. 원하시면 그렇게 해 보셔도 됩니다.

교수 (레오니드 표도로비치에게) 영매의 수면 상태가 그로스만 씨에게 어떻게 작용하는지 보이시죠? 그로스만 씨의 몸이 떨리기 시작합니다.

레오니드 표도로비치 네, 그렇군요… 이제 촛불을 꺼도 되겠습니까?

사하토프 근데 왜 꼭 어두워야 하는 겁니까?

교수 어두워야 하는 이유요? 어둠은 빙의력이 발현되는 조건 중 하나이기 때문입니다. 특정 온도가 화학 에너지나 역학 에너지의 발현 조건인 것과 같은 이치죠.

레오니드 표도로비치 늘 그렇지는 않습니다. 저도 그렇지만, 촛불이 켜져 있다든지 햇빛이 있는 상황에서도 망령을 보는 사람이 많기는 해요.

교수 (말허리를 꺾으며) 이제 촛불을 끌까요?

레오니드 표도로비치 (촛불을 끈다) 여러분! 이제 집중해 주십시오.

타냐가 소파 밑에서 기어 나와 벽등에 묶여 있던 실을 잡는다.

페트리셰프 안 돼요. 그 스페인 귀신 얘기 재밌었단 말이에요. 대화하다가 갑자기 머리를 아래로 이렇게하고… 그리니까 piquer une tête[50] 했다잖아요.

벳시 아니, 가만히 있어 봐요. 무슨 일이 벌어질지 좀 지켜보자고요.

페트리셰프 제 유일한 걱정이 뭔 줄 아세요? 바실리 저 친구가 돼지 새끼처럼 꿀꿀거리면 어쩌나 하는 겁니다.

바실리 레오니드이치 그래? 어디 한번 해 봐?

레오니드 표도로비치 여러분! 부탁드립니다. 잡담은 자제해 주십시오.

침묵이 흐른다. 세묜이 손가락에 붙어 있던 성냥과 손가락 관절을 차례로 핥더니 손가락 사이사이를 비벼 댄다.

레오니드 표도로비치 불빛입니다! 불빛 보이세요?

사하토프 불빛이에요! 네, 네, 보입니다. 하지만…

뚱뚱한 부인 어디요, 어디? 어머, 전 못 봤어요! 저기 보이네요! 세상에!

교수 (몸을 움직이는 그로스만을 가리키며 레오니드 표도로비치에게 귓속말을 한다) 그로스만 씨가 몸을 떨고 있는 거 보이시죠? 힘이 이중으로 작용하고

---

50 곤두박질치다. (프랑스어)

있는 겁니다.

불빛이 다시 나타난다.

레오니드 표도로비치 (교수에게) 이건 그자예요!

사하토프 그자라니요?

레오니드 표도로비치 니콜라이라는 그리스인입니다. 그자가 내는 불빛이에요. 그렇지 않습니까, 교수님?

사하토프 그리스인 니콜라이라는 자가 누군데 그러십니까?

교수 콘스탄티누스 대제 시절 차리그라드[51]에서 수도 생활을 했다던 그리스인인데, 지난번에도 우리한테 왔었습니다.

뚱뚱한 부인 아니, 어디요? 어디? 안 보이는데?

레오니드 표도로비치 그자가 아직 모습을 드러내지는 않았습니다. 교수님, 저자가 교수님께만 유독 늘 호의적이었잖습니까. 교수님께서 한번 물어봐 주세요.

교수 (특이한 목소리로) 니콜라이 씨! 당신입니까?

타냐가 벽을 두 번 두드린다.

---

51 Царьград / Tsar'grad – 슬라브인들이 동로마(비잔틴) 제국의 수도 콘스탄티노플을 부르던 옛 명칭이다. 현재 튀르키예의 이스탄불이다.(역자 주)

레오니드 표도로비치 (반색하며) 그잡니다! 그자예요!
뚱뚱한 부인 어머나, 세상에! 전 이만 집에 가 볼게요!
사하토프 어째서 그자가 맞다고 생각하시는 겁니까?
레오니드 표도로비치 두 번 두드렸잖습니까. 그건 긍정한다는 뜻이죠. 묻는 말에 부정했다면 그냥 조용히 있었을 겁니다.

   침묵히 흐른다. 젊은 사람들이 모여 있는 한 구석에서 애써 웃음을 참는 소리가 들려온다. 타냐가 전등갓, 연필, 펜촉 닦이를 책상 위로 던진다.

레오니드 표도로비치 (속삭이며) 여러분, 보십시오. 전등갓입니다. 뭔가 더 있는데. 연필이군요! 교수님, 연필입니다.
교수 좋습니다, 좋아요. 전 지금 영매와 그로스만 씨 두 사람을 지켜보는 중입니다. 중위님도 보고 계시죠?

   그로스만이 자리에서 일어나 책상에 떨어진 물건들을 살펴본다.

사하토프 잠시만요, 잠시만. 이 모든 걸 정말로 영매 혼자서 하고 있는 게 맞는지 직접 확인 좀 해 보고 싶은데요?

레오니드 표도로비치 그러십니까? 그렇다면 영매 옆에 앉아서 팔을 한번 잡아 보시죠. 영매가 잠들어 있다는 걸 분명히 확인하실 수 있을 겁니다.

사하토프 (세몬에게 다가가다 타냐가 아래로 내리는 실에 머리가 걸리자 놀라서 몸을 숙인다) 예… 아! 이게 뭐지? 이상해요. (세몬에게 다가가 세몬의 팔꿈치를 잡자 세몬이 으르렁거린다)

교수 (레오니드 표도로비치에게) 들으셨죠? 그로스만이 씨가 같은 공간에 있어서 저렇게 반응하는 겁니다. 이건 새로운 현상이군요. 기록을 좀 해야겠습니다. (급히 자리를 벗어나 메모를 한 뒤 제자리로 돌아온다)

레오니드 표도로비치 그러시죠… 근데 아무 말도 안 하고 니콜라이를 그냥 저렇게 놔둘 수는 없지 않습니까. 이제 시작을 해야…

그로스만 (자리에서 일어나 세몬에게 다가가 세몬의 팔을 들어 올렸다 내린다) 근육 수축을 일으켜도 재밌을 것 같습니다. 피험자는 완전히 최면에 빠졌습니다.

교수 (레오니드 표도로비치에게) 잘 보고 계시죠?

그로스만 자, 그럼 원하신다면…

의사 아니, 잠시만요, 그로스만 씨. 이제부터는 교수님께 맡겨 보시죠. 상황이 꽤 진지하게 흘러가고 있는 것 같아서요.

교수 그냥 놔 두시죠. 그로스만 씨도 지금 최면에 빠진 상태에서 얘기하고 있는 겁니다.

뚱뚱한 부인 그냥 여기 계속 있는 게 좋겠어요. 무섭긴 하지만, 내심 반가운 마음도 들어요. 제가 남편한테도 늘 했던 얘긴데…

레오니드 표도로비치 조용히 해주십시오.

타냐가 뚱뚱한 부인의 머리를 실로 건드린다.

뚱뚱한 부인 어머!

레오니드 표도로비치 뭡니까? 무슨 일입니까?

뚱뚱한 부인 망령이 제 머릴 움켜잡았어요.

레오니드 표도로비치 (속삭이며) 무서워하실 것 없습니다. 괜찮아요. 망령에게 손을 내밀어 보세요. 손이 차갑겠지만, 전 그게 좋더군요.

뚱뚱한 부인 (손을 감춘다) 그런 건 절대로 안 할 거예요!

사하토프 이거 이상합니다. 정말 이상해요!

레오니드 표도로비치 망령은 여기서 소통을 하고 싶은 겁니다. 누구 질문해 볼 사람 없습니까?

사하토프   괜찮으시다면 제가 해 보겠습니다.

교수   그러시죠.

사하토프   내가 지금 이걸 믿고 있습니까? 안 믿고 있습니까?

타냐가 벽을 두 번 두드린다.

교수   긍정의 답변입니다.

사하토프   죄송하지만, 하나만 더 묻겠습니다. 지금 제 주머니 안에 10루블짜리 지폐가 있습니까? 없습니까?

타냐가 벽을 여러 번 두드리고 사하토프의 머리를 실로 건드린다.

사하토프   이런! (실을 잡아채 끊어 버린다)

교수   여러분, 부탁입니다만, 애매모호하거나 장난스러운 질문은 삼가 주시길 바랍니다. 망령이 불쾌해합니다.

사하토프   아니, 잠시만요. 제 손에 실이 있어요.

레오니드 표도로비치 실이요? 그대로 들고 계십시오. 자주 있는 일입니다. 실만 나오는 게 아니죠. 비단 끈, 그것도 아주 오래된 비단 끈이 나오기도 합니다.
사하토프 아니, 근데 이 실은 도대체 어디서 나온 겁니까?

타냐가 사하토프에게 쿠션을 집어 던진다.

사하토프 아니, 잠시만요! 뭔가 푹신한 게 제 머리에 맞았어요. 불 좀 켜 주십시오. 여기 지금 뭔가…
교수 부탁드립니다. 이 빙의 현상을 방해하지 말아 주십시오.
뚱뚱한 부인 제발요. 방해 좀 하지 마세요! 저도 질문이 있는데, 물어봐도 될까요?
레오니드 표도로비치 그럼요, 그럼요. 물어보시죠.
뚱뚱한 부인 제 위장병에 관한 질문인데, 괜찮을까요? 그러니까 제가 투구꽃을 먹어야 할까요? 아니면 벨라도나를 먹어야 할까요?

 침묵이 흐르는 가운데 젊은 사람들이 모여 있는 곳에서 수군대는 소리가 들린다. 갑자기 바실리 레오니드이치가 갓난아기처럼 '응애응애!' 하고 우는 소리를 낸다. 웃음소리가 들린다. 벳시와 마리야 콘스탄티노브나가 페트리셰프와 함께 입과 코를 틀어막고 쿵쿵거리는 소리를 내면서 급히 뛰어나간다.

뚱뚱한 부인 어머, 내가 정말 이럴 줄 알았어요. 그 그리스인 수도승이 이 세상에 다시 태어나 버렸잖아요!
레오니드 표도로비치 (격분하여 분노에 찬 낮은 목소리로 속삭이며) 네 녀석은 정말 멍청한 짓만 골라서 하는구나. 점잖게 굴지 못하겠으면 당장 나가!

바실리 레오니드이치가 퇴장한다.

제 20 장

어둠 속에 침묵이 흐른다.

뚱뚱한 부인 아휴, 정말 아쉽네요! 이제 더 이상 못 물어보겠어요. 망령이 이 세상에 태어나 버렸잖아요.

레오니드 표도로비치　절대로 그런 게 아닙니다. 제 아들 녀석이 멍청한 짓을 한 거였습니다. 망령은 여기에 그대로 있으니 질문하셔도 됩니다.

교수　흔히 있는 일입니다. 이런 장난이나 조롱은 아주 일반적인 현상이죠. 저도 망령이 아직 여기에 있다고 생각합니다. 그래도 괜찮으시다면 부인 대신 저희가 질문을 해 보죠. (레오니드 표도로비치에게) 중위님, 중위님께서 하시겠습니까?

레오니드 표도로비치　아닙니다. 교수님이 하십시오. 지금 제 속이 속이 아닙니다. 정말 속상하네요. 아들놈이란 녀석이 저렇게 무례하게 굴다니!

교수　예, 잘 알겠습니다. 자… 니콜라이 씨! 아직 여기 계십니까?

　타냐가 벽을 두 번 두드리고 종을 울린다. 세묜이 으르렁대며 두 팔을 벌리기 시작하더니 사하토프와 교수를 잡고 꽉 움켜쥔다.

교수　이건 정말 예상치도 못한 현상입니다! 영매 스스로가 영향을 받다니요. 이런 일은 없었습니다. 레오니드 표도로비치 씨, 저 대신 잘 좀 한번 봐 주시겠어요? 제가 지금은 제대로 관찰할 수 없을 것 같습니다. 영매가 절 잡고 놔주질 않습니다. 그로스만 씨는 어떻습니까? 이제부터는 정말 정신들 똑바로 차리시고 집중하셔야 합니다.

타냐가 농부들이 가지고 온 서류를 책상 위로 던진다.

레오니드 표도로비치 책상으로 뭐가 떨어졌어요.
교수 뭔지 잘 보세요.
레오니드 표도로비치 종입니다! 종이 한 장이 접혀 있습니다.

타냐가 휴대용 잉크병을 던진다.

레오니드 표도로비치 잉크병이에요!

타냐가 펜을 던진다

레오니드 표도로비치 펜입니다!

세몬이 으르렁대며 손에 힘을 꽉 준다.

교수 (헐떡이며) 잠시만요, 잠시만. 이건 완전히 새로운 현상입니다. 소환된 망령의 에너지가 아니라 영매의 에너지가 작용하고 있어요. 아무튼 지금 잉크병을 여시고 펜을 종이 위에 올려놔 보세요. 영매가 분명 뭔가를 쓸 겁니다.

타냐가 슬그머니 레오니드 표도로비치 뒤로 오더니 기타로 레오니드 표도로비치의 머리를 친다.

레오니드 표도로비치 뭔가가 제 머리를 쳤어요! (책상을 살펴본다) 펜은 아직 움직이지 않고 종이도 그대로 접혀 있습니다.
교수 그 종이가 뭔지 펼쳐보세요. 얼른요. 영매의 힘과 그로스만의 힘이 이중으로 작용해서 동요 현상이 발생하고 있는 게 분명합니다.
레오니드 표도로비치 (종이를 집어 들고 밖으로 나갔다가 이내 돌아온다) 이거 정말 묘하군요! 이 종이는 농부들이 가져온 계약섭니다. 제가 오늘 아침에 서명하기를 거절하고 농부들한테 도로 돌려줬던 그 계약서예요. 저더러 이 계약서에 서명을 하라는 뜻일까요?

교수   당연하죠! 당연합니다! 한번 물어 보세요.
레오니드 표도로비치 니콜라이 씨! 혹시 당신이 바라는 게…

타냐가 벽을 두 번 두드린다.

교수   들으셨죠? 분명합니다, 분명해요!

레오니드 표도로비치가 펜을 집어 들고 밖으로 나간다.
타냐가 벽을 두드리고 기타와 아코디언을 연주하더니 다시 소파 밑으로 기어 들어간다. 레오니드 표도로비치가 돌아온다. 세묜이 기지개를 켜고 헛기침을 한다.

레오니드 표도로비치 영매가 깨어나고 있네요. 촛불을 켜도 될 것 같습니다.
교수   (다급하게) 의사 선생님, 어서 체온과 맥박을 확인해 주십시오. 보면 아시겠지만, 체온과 맥박이 모두 올라가 있을 겁니다.
레오니드 표도로비치 (초에 불을 붙인다) 자, 의심하는 사들이여, 어떠십니까들?
의사   (세묜에게 다가가 체온계를 입에 물린다) 그래, 수

고했네. 좀 어때? 한숨 푹 잤나? 자, 이걸 입에 물고, 팔도 좀 주시게. (시계를 들여다본다)

사하토프 (어깨를 으쓱인다) 확실한 건, 영매 혼자서 이 모든 걸 했다는 건 불가능합니다. 이 실은 뭡니까? 이 실이 왜 나왔는지 설명을 듣고 싶습니다만…

레오니드 표도로비치 차관님께서는 계속 실 타령만 하시는군요! 훨씬 더 대단한 현상들도 있었는데 말이죠.

사하토프 글쎄요. 아무튼 je réserve mon opinion[52].

뚱뚱한 부인 (사하토프에게) 어니 어떻게 'je réserve mon opinion'이라고 말씀하실 수 있어요? 날개 달린 갓난아기가 있었잖아요. 정말로 못 보셨어요? 저도 처음엔 헛것인가 싶었는데, 나중에는 정말로 살아 있는 것처럼 분명히 보였다니까요…

사하토프 전 제가 진짜로 본 것만 말씀드릴 수 있습니다. 전 그런 건 못 봤습니다. 정말 못 봤단 말입니다.

뚱뚱한 부인 아니, 어떻게 못 봐요? 분명히 있었는데. 게다가 왼쪽에는 검은 옷을 입은 수도승이 나타나서 갓난아이 쪽으로 몸까지 숙이고 있었고…

사하토프 (뒷걸음질 친다) 과장이 너무 심하시네요!

---

52 제 입장은 변함없습니다. (프랑스어)

뚱뚱한 부인 (의사에게) 선생님은 분명히 보셨죠? 그 망령이 선생님 계셨던 쪽에서 솟아올랐잖아요.

의사가 뚱뚱한 부인의 말에 아랑곳하지 않고 계속 맥박을 잰다.

뚱뚱한 부인 (그로스만에게) 맞아요, 빛이요. 망령한테서 빛이 났어요. 특히 그 얼굴 주위에서 말이에요. 표정도 온화하고 부드러운 게 뭔가… 그런… 천상의 미소였다니까요! (부드러운 미소를 지어 보인다)
그로스만 인광이 보였고 물체가 위치를 바꾸긴 했지만, 그 이상은 아무것도 못 봤습니다.
뚱뚱한 부인 아이고, 됐네요! 당연히 그러시겠죠. 이게 다 선생님 같은 샤르코 학파 학자들이 사후 세계를 안 믿기 때문이에요. 하지만 저승에 대한 제 믿음을 깨뜨릴 수 있는 사람은 이제 세상에 아무도 없다고요.

그로스만이 뚱뚱한 부인을 피해 자리를 옮긴다.

뚱뚱한 부인 암요, 없고 말고요. 누가 뭐래도 이건 제 인생에서 몇 안 되는 최고로 행복한 순간이었어요. 사라사

테의 연주를 들었을 때랑 방금 그 순간은 정말… 감동적이었어요!

아무도 뚱뚱한 부인의 말을 듣지 않는다.

뚱뚱한 부인 (세몬에게 다가간다) 이봐, 자네가 한번 얘기 좀 해 봐. 어떤 느낌이었어? 정말 많이 힘들었어?
세몬 (웃는다) 예, 맞습니다.
뚱뚱한 부인 그래도 참을 만은 했지?
세몬 예, 맞습니다. (레오니드 표도로비치에게) 저는 이만 가 봐도 될까요?
레오니드 표도로비치 그래, 이만 가 보게.
의사 (교수에게) 맥박은 그대론데 체온은 내려갔습니다.
교수 내려갔다고요? (골똘히 생각하다 갑자기 깨달은 듯) 그럴 수밖에 없습니다. 체온이 당연히 내려가야죠! 이중으로 작용하는 힘이 교차하면서 분명 일종의 간섭 현상 같은 게 발생했을 겁니다. 네, 그런 겁니다.

모두가 동시에 말을 하며 퇴장한다.

레오니드 표도로비치 딱 하나 아쉬운 게 있다면 완벽한 형체화가 일어나지 않았다는 점입니다. 그래도 그런대로 괜찮았습니다. 자, 여러분, 응접실로 가시죠.

뚱뚱한 부인 저는 그 갓난아기가 날갯짓했을 때 정말 감동적이었어요. 위로 솟아오르는 걸 똑똑히 봤다니까요.

그로스만 (사하토프에게) 최면 상태로 유지만 됐다면 간질처럼 몸이 완전히 떨리는 상태까지도 갈 수 있었을 겁니다. 그랬으면 더 완벽하게 성공했을 수 있었을 텐데 말이죠.

사하토프 흥미롭긴 했지만, 확신까지는 안 드는군요. 제가 드릴 수 있는 말씀은 딱 이 정도뿐입니다.

제 21 장

레오니드 표도로비치가 서류를 든 채 남아 있다. 표도르 이바느이치가 등장한다.

레오니드 표도로비치 이보게, 표도르! 이번 심령회는 정말 놀라웠어! 땅은 농부들에게 넘겨주기로 했네. 그자들 조건대로 말이야.

표도르 이바느이치 그렇게 됐군요!

레오니드 표도로비치 그렇게 됐네. (서류를 보여준다) 보게, 아까 농부들한테 되돌려 준 서류가 책상에 떡하니 나타나지 않았겠어? 그래서 내가 서명을 했지.

표도르 이바느이치 그게 도대체 어디서 나타난 겁니까?

레오니드 표도로비치 그냥 나타나더라고. (퇴장한다)

표도르 이바느이치가 레오니드 표도로비치를 뒤따라 퇴장한다.

제 22 장

홀로 남은 타냐가 소파 밑에서 기어 나와 깔깔 웃는다.

타냐 세상에! 저 순진한 양반들 같으니라고! 아니, 아까 그분이 실 잡아챘을 때는, 아휴, 정말 간 떨어지는 줄 알았네. (꺅하고 비명을 지른다) 그래, 서명을 받아 냈으니 어쨌든 성공이라고!

제 23 장

그리고리가 등장한다.

그리고리 오호, 저 양반들 놀려먹은 게 너였어?
타냐 쳇, 웬 참견?
그리고리 네가 이깟 일 좀 꾸몄다고 주인마님이 칭찬이라도 해 줄 줄 알아? 착각하지 마. 걸리는 건 시간문제야. 내가 시키는 대로 안 하면 네가 한 장난질 다 일러바칠 거야.
타냐 내가 그쪽 시키는 대로 할 것 같아요? 그리고 내 몸은 털끝도 못 건드릴 테니까 그런 줄 알아요.

막이 내려간다.

제4막

무대 배경이 제1막과 똑같다.

제 1 장

제복 차림의 대솔하인 두 명, 표도르 이바느이치, 그리고리가 있다.

대솔하인1(구레나룻이 하얗게 센 노인)   이 댁이 오늘 세 번째로 온 집입니다. 그나마 접견일이 같은 날인 집이 한 동네에 모여 있어서 다행이에요. 이 댁 접견일은 원래 목요일이었잖아요.

표도르 이바느이치   그러다가 토요일로 옮겼죠. 골로브킨 씨 댁이랑 그라데 폰 그라데 씨 댁이랑 같은 날로 몰아서 잡으려고 말이죠.

대솔하인2   셰르바코프 씨 댁에 가면 참 좋은 게, 무도회가 열리면 하인들한테까지 음식을 차려 주더라고요.

제 2 장

위층에서 공작부인과 공녀가 내려온다. 벳시가 두 사람을 배웅한다. 공작부인이 수첩을 들여다보고 시계를 확인하더니 나무상자에 앉는다. 그리고리가 공작부인에게 외출용 구두를 신긴다.

공녀 그러지 말고, 꼭 좀 와 줘. 자기가 안 온다고 하면 도도까지 안 온다고 할 거야. 그렇게 되면 완전히 망하는 거라고.

벳시 글쎄요. 슈빈 씨 댁에는 꼭 가야 하거든요. 그러고 나면 연극 리허설도 있어서요.

공녀 그래도 자기라면 제때 올 수 있을 거야. 제발 부탁해. Ne nous fais pas faux bond.[53] 페쟈도 온다고 했고 코코도 온댔어.

벳시 J'en ai par dessus la tête de vorte Coco.[54]

공녀 여기 오면 코코랑 마주칠 줄 알았는데. Ordinaire-

---

53 나 실망시키면 안 돼. (프랑스어)
54 그놈의 코코는 정말 진절머리가 난다고요. (프랑스어)

ment il est d'une exactitude…[55]

벳시 분명히 올 거예요.

공녀 코코랑 자기랑 같이 있는 거 보면 코코가 이제 막 청혼을 했거나 이제 곧 청혼을 할 것처럼 보인단 말야.

벳시 그러니까요. 분명히 청혼을 할 것 같단 말이에요. 그래서 너무 싫다고요!

공녀 코코 불쌍해서 어쩌니! 자기한테 푹 빠져 있던데.

벳시 Cessez, les gens.[56]

공녀가 소곤대며 소파에 앉는다. 그리고리가 공녀에게 외출용 구두를 신긴다.

공녀 그럼, 이따 저녁에 보는 거다.

벳시 노력해 볼게요.

공작부인 저기, 아버님께 좀 전해 줘요. 내가 아무것도 믿지는 않지만, 새 영매는 꼭 보러올 테니 언제 와야 하는지만 알려 달라고요. 그럼, 잘 있어요, ma

---

55 원래 시간 약속 철저한 사람이… (프랑스어)
56 그만 좀 하세요, 일하는 사람들도 있는데… (프랑스어)

toute belle[57]. (벳시의 볼에 뽀뽀를 하고 공녀와 함께 퇴장한다)

벳시가 위층으로 올라간다.

제 3 장

그리고리 할망구들 구두 신기는 건 정말 별로예요. 이 노인네들은 허리를 굽히지도 못하죠. 배가 나와서 자기 발도 못 보죠. 안 보이니까 온갖 엉뚱한 데다가 발을 찔러 댄다구요. 근데 젊은 아가씨들은 또 달라요. 그 자그마한 발이 손에 잡히는 게 얼마나 좋은데요.
대솔하인2 어허, 이 친구도 사람을 가리네.
대솔하인1 우리 같은 처지에 사람을 가려서 쓰나?
그리고리 그게 뭐 어때서요? 우린 뭐 사람도 아닙니까? 저

---

57 우리 어여쁜 벳시 아가씨 (프랑스어)

양반들은 우리가 아무것도 모른다고 생각한다구요. 아까도 자기들끼리 얘기하다가 날 슬쩍 보더니 곧바로 한다는 소리가 '레쟝'[58] 이러잖아요.

대솔하인2 그건 또 뭔 소리야?

그리고리 우리말로 하면 '말하지 마. 얘네들이 알아들을라.' 이런 뜻이에요. 밥 먹을 때도 저 소릴 해요. 그치만 난 다 알아든는다구요. 아저씨들은 저 양반들이랑 우리가 아예 다른 사람들이라고 하시는데, 알고 보면 다 똑같아요.

대솔하인1 그래도 배운 사람들은 또 많이 달라.

그리고리 똑같다니까요. 내가 오늘은 하인이지만, 내일은 저 양반들 못지않게 잘 살 수도 있을지 또 누가 알겠어요? 하인한테 시집들도 오잖아요. 안 그래요? 가서 담배나 한 대 피워야겠네요. (퇴장한다)

---

58 '하인'을 의미하는 프랑스어다. 저자가 프랑스어 원어 표현인 'les gens' 대신, 러시아어로 음차하여 처리했으므로, 한국어 번역에서도 한국어로 음차했다.(역자 주)

제 4 장

대솔하인2   이 댁 하인 총각은 참 당돌하네요.

표도르 이바느이치   속 빈 강정입니다. 이 일엔 영 소질이 없어요. 무슨 사무원이었다던데 나쁜 버릇만 들었습니다. 제가 뽑지 말자고 했는데도 주인마님이 기어코 뽑으시더라고요. 생긴 게 반반해서 외출할 때 데리고 다니기 좋다면서 말이죠.

대솔하인1   저 친구 우리 백작님 앞이었으면 혼쭐이 났을 겁니다. 정말이지, 우리 백작님께서는 저렇게 거만한 사람이라면 질색을 하시거든요. 하인은 하인다워야 하고 자기 직분에 걸맞게 처신해야 하는 법 아닙니까? 저렇게 거만 떠는 건 당치도 않죠.

제 5 장

페트리셰프가 위층에서 뛰어 내려와 담배를 꺼낸다. Pince-nez를 쓴 코코 클린겐이 페트리셰프와 마주 보는 방향에서 들어온다.

페트리셰프 (곰곰히 생각하며) 그래, 어디 보자. 두 번째 음절이 '카'니까 '카르-토쉬-카[59]'. 그래서 전부 합치면… 그래, 그거지. 코코쉬카-카르토쉬카! 너 어디서 오는 길이야?

코코 클린겐 셰르바꼬프 씨 댁. 네 그 헛소리는 여전하구나?

페트리셰프 아니야, 잘 들어 봐. 단어 맞추기 게임이야. 첫 번째 음절은 '킨'이고 두 번째 음절은 '카'인데, 전부 합치면 송아지 떼를 멀리 내쫓는다는 뜻이야.

코코 클린겐 몰라, 모르겠고 난 지금 바빠.

페트리셰프 또 어딜 가는데?

코코 클린겐 어디긴? 이빈 씨 댁이지. 합창 연습해야 한단 말이야. 그다음엔 슈빈 씨 댁에 갔다가 마지막으로 연

---

59 러시아어로 '감자(картошка / kartoshka)'를 의미하지만, 여기서는 단어 자체의 의미와 상관없이 극중 인물 '코코' 애칭 '코코쉬까'에 대한 언어유희의 도구로 활용되고 있다.(역자 주)

극 리허설하러 가야 해. 리허설에는 너도 와야 하는 거 아니야?

페트리셰프 맞아, 당연히 가야지. 리허설인지 허릿살인지 가야지. 처음엔 야만인 역할이었는데, 지금은 야만인 역할도 하고 장군 역할도 하게 됐어.

코코 클린겐 그건 그렇고, 어제 심령회는 어땠어?

페트리셰프 진짜 웃겼어! 웬 농부도 있었는데, 사실 더 중요한 건 모든 걸 컴컴한 데서 하더라고. 바실리는 갓난아기처럼 응애응애 울어댔어. 교수가 뭘 설명하면 그 푸짐하신 마리야 바실리예브나 부인이 그 설명에 또 말을 보태고. 아주 난리였다니까! 너도 왔으면 좋았을 텐데 아쉽다.

코코 클린겐 Mon cher,[60] 내가 정말 걱정인 게, 너야 어떻게든 농담으로 요리조리 잘 빠져나가서 상황을 모면하지만, 난 말야, 무슨 말 한마디라도 하면 다들 내가 청혼을 해 버렸다느니 어쩌니 하면서 덮어놓고 오해들을 하는 것 같단 말이야. Et ça ne m'arrange pas du tout, du tout. Mais du tout, du tout![61]

---

60 이봐, 친구. (프랑스어)
61 난 그런 게 맹세코 절대로 반갑지 않아, 맹세코 절대로! (프랑스어)

페트리셰프 차라리 청혼을 제대로 한번 해 봐. 그래야 억울하지나 않지. 자, 내가 바실리 데려올 테니까 다 함께 리허설인지 허릿살인지나 하러 가자고.

코코 클린겐 네가 어떻게 그런 바보 같은 놈이랑 붙어 다니는지 정말 이해가 안 간다. 그렇게 멍청하고 쓸모없는 놈이 또 어딨다고!

페트리셰프 난 그 친구 좋아. 나는 바실리를 사랑하지만 '그것은 기이한 사랑이고'[62], '그에게로 향하는 민중의 오솔길에는 풀 한 포기 자라날 틈도 없다네.'[63] (바실리 레오니드이치의 방으로 들어간다)

제 6 장

벳시가 귀부인을 배웅한다. 코코가 의미심장하게 목례를 보낸다.

---

62 레르몬토프(1814-1841)의 시 '조국'의 한 구절을 인용한 대사다.(역자 주)
63 푸쉬킨(1799-1837)의 시 '기념비'의 한 구절을 인용한 대사다.(역자 주)

벳시 (코코에게 손을 흔들고 귀부인을 향에 몸을 돌려 말한다) 두 분 초면이신가요?

귀부인 네.

벳시 이분은 클린겐 남작님이세요. 근데, 남작님, 어제는 왜 안 오셨어요?

코코 클린겐 도저히 짬을 낼 수가 없었습니다.

벳시 아쉽네요. 정말 재밌었는데. (큰 소리로 웃는다) 직접 보셨으면 좋았을 텐데요. 정말 굉장한 manifestations[64]였어요. 그나저나 우리가 할 단어 맞추기 게임은 잘 돼가고 있나요?

코코 클린겐 아, 그럼요! Mon second[65]에 해당하는 시는 완성됐습니다. 닉이 시를 썼고 거기에 제가 곡을 붙였죠.

벳시 어떻게 부르는 건데요? 네? 한번 불러 봐 주세요.

코코 클린겐 잠시만요, 어떻게 시작하더라… 아, 맞다! 기사가 난나에게 바치는 노랩니다. (노래한다)
눈부시게 아름다운 자연,
내 마음을 희망으로 흠뻑 적셔 줘.
난나, 난나, 나, 나, 나!

---

64 빙의 현상 (프랑스어)
65 두 번째 음절 (프랑스어)

귀부인   이게 mon second라고 하셨죠? Mon premier[66]는 어떻게 되죠?

코코 클린겐   Mon premier는 아레라고요. 야만인 여자의 이름입니다.

벳시   이 아레라는 여자는요, 자기가 사랑하는 사람을 잡아먹으려고 하는 야만인인데… (깔깔 웃는다) 이 여자가 슬픔에 빠져 이리저리 돌아다니면서 이런 노래를 불러요. (노래한다) 아, 정말로 먹고 싶어라…

코코 클린겐   (끼어들어 노래한다) 참을 수 없이 괴로워라…

벳시   (이어서 노래한다) 누군가를 잡아먹고 싶어서 이리저리 돌아다니며 방황하네…

코코 클린겐   (노래한다) 하지만 아무도 찾을 수 없어…

벳시   (노래한다) 난 이제 누굴 물어뜯어야 하나…

코코 클린겐   (노래한다) 저 멀리 보이는 뗏목 하나…

벳시   (노래한다) 이리로 떠내려오는 뗏목 위엔 장군 두 명이 타고 있어…

코코 클린겐   (노래한다) 우리가 바로 그 두 장군. 같은 운명으로 묶인 우리.

---

66 첫 번째 음절 (프랑스어)

　　　　　　이 섬으로 이끌렸네.

　　　　　　(노래를 멈추고 말한다) 그리고 refrain[67]이 다시 반복되죠.

　　　　　　(다시 노래한다) 같은 운명으로 묶인 우리.

　　　　　　이 섬으로 이끌렸네.

귀부인　　Charmant![68]

벳시　　　그치면 유치하죠?

코코 클린겐　그래서 매력적인 겁니다.

귀부인　　아레 역할은 누구죠?

벳시　　　저예요. 의상까지 만들었는데 엄만 그 의상이 천박하다고 하세요. 무도회에서 입는 옷에 비하면 전혀 그렇지도 않은데 말이죠. (표도르 이바느이치에게) 집사 아저씨, 부르디예에서 보낸 사람은 왔죠?

표도르 이바느이치　　예, 와서 주방에서 기다리고 있습니다.

귀부인　　근데, 무대는 어떻게 꾸밀 건가요?

벳시　　　직접 오셔서 확인해 보세요. 미리 아시면 재미없죠. Au revoir.[69]

67　후렴구 (프랑스어)

68　매력적이에요! (프랑스어)

69　또 봴게요. (프랑스어)

귀부인   잘들 있어요! (사람들의 절을 받으며 퇴장한다.)
벳시   (코코 클린겐에게) 우리 mamam[70]한테나 같이 가 봐요.

벳시와 코코 클린겐이 위층으로 올라간다.

제 7 장

야코프가 차와 쿠키를 쟁반에 받쳐들고 식당에서 나와 숨을 헐떡이며 무대를 가로질러 간다.

야코프   (대솔하인들에게) 안녕하세요, 안녕하세요!

대솔하인들이 허리를 굽혀 인사한다.

야코프   (표도르 이바느이치에게) 그리고리한테 얘기해서

---
70 엄마 (프랑스어)(역자 주)

저 좀 거들라고 하세요. 뒤치다꺼리해대느라 쓰러지기 일보 직전이라구요. (퇴장한다)

제 8 장

대솔하인1 부지런도 하네요, 저 사람.

표도르 이바느이치 괜찮은 친굽니다. 주인마님 눈 밖에 나서 그렇죠. 주인마님은 저 친구 용모가 볼품없다는 말을 입에 달고 사세요. 게다가 어제는요, 저 친구가 농부들을 주방에 들였다는 의심까지 받았습니다. 이 댁에서 쫓겨나지나 않으면 좋으련만. 사람은 괜찮아요.

대솔하인2 농부들이라뇨?

표도르 이바느이치 그게요, 이 댁 주인 나리께서 쿠르스크에도 땅이 있는데, 거기 어떤 마을에서 땅을 사겠다고 온 사람들이에요. 마침 밤도 다 됐고, 저 친구 고향이 또 농부들이 사는 마을 근처이기도 하고,

게다가 농부들 중 한 사람이 이 댁 주방 보조 아비라고도 하니까 저 친구가 그 사람들을 주방으로 데려다 줬지 뭡니까. 근데 때마침 무슨 독심술 실험들을 한다고 주방에다 물건을 숨겨 놓고 그러더라고요. 그래서 숨긴 물건 찾는다고 이 댁 주인 내외랑 손님들이 죄다 주방으로 몰려왔지요. 근데 그때 주인마님이 농부들이 주방에 있는 걸 보고는 난리가 난 겁니다. 전염병 걸린 사람들을 어떻게 주방에 들일 수 있냐면서 노발대발했죠. 전염병을 엄청 무서워하시더라고요.

제 9 장

그리고리가 등장한다.

표도르 이바느이치   그리고리, 가서 야코프 좀 거들거라. 여긴 나 혼자 있어도 돼. 야코프 혼자서는 힘들거야.

그리고리　으이그, 일을 더럽게 못하니까 당연히 힘들겠죠. (퇴장한다)

제 10 장

대솔하인1　요새 뭐가 새로 유행하기 시작했다더니, 그 전염병인가 보네요! 그래서 이 댁 주인마님도 그게 무섭답니까?

표도르 이바느이치　불보다도 훨씬 더 무서워한다니까요. 요즘 이 댁에서 신경 쓰는 거라곤 연기 피워서 소독하기, 물청소하기, 소독약 뿌리기 이 세 가지밖에 없습니다.

대솔하인1　어쩐지 냄새가 매캐하더라니. (생기를 띠며) 그놈의 전염병 때문에 이게 다 무슨 난리랍니까? 정말 너무 끔찍하지 않습니까? 하느님에 대한 믿음조차 잃어버렸어요들. 우리 백작님 누이가 모솔로바 공작부인이신데, 그분 따님도 위독하셨거든요. 근데 어떻게 된 줄 아세요? 부모라는 사람들이 자기 딸 방에는 들어가지도 않아서 결국 마지막 인사도 못 했대요. 딸이 울고불고 마지막으로 얼굴이라도 보자고 그렇게 애원했는데도 결국 안 들어들 갔다지 뭡니까. 의사가 무슨 전염병이라고 했나 보더라고요. 근데 그 방 드나들던 그 집 하녀랑 간병해 주던 여자는 또 아무렇지도 않았어요. 둘 다 멀쩡히 살아 있다니까요.

제 11 장

바실리 레오니드이치와 페트리셰프가 담배를 피우며 방문을 열고 나온다.

페트리셰프 그냥 좀 가자. 코코샤-카르토쉬카 그 친구만 금방 데려올게.
바실리 레오니드이치 네 친구 코코샤는 그냥 꼴통이야! 솔직히

> 난 그 자식 지긋지긋해. 그냥 멍청한 한량이잖아! 딱히 하는 일도 없이 이리저리 싸돌아다니기만 하고. 어?

페트리셰프 그럼 잠깐만 기다려 봐. 간다고 인사라도 하게.

바실리 레오니드이치 그래, 알았어. 난 마부방에 가서 내 개들이나 좀 봐야겠다. 수캐 한 마리가 엄청 사납거든. 마부가 그러는데, 잡아먹히는 줄 알았대. 어?

페트리셰프 누가 누구한테 잡아먹힌다는 거야? 설마 수캐가 마부한테?

바실리 레오니드이치 이 못 말리는 자식… (옷을 입고 퇴장한다)

페트리셰프 (생각에 잠긴 채) 마-킨-토쉬, 카르-토쉬-카… 그래, 이거야. (위층으로 올라간다)

제 12 장

야코프가 등장해 계속해서 무대를 가로질러 뛰어다닌다.

표도르 이바느이치　(야코프에게) 왜 또 그래?

야코프　샌드위치가 다 떨어졌어요! 그래서 제가… (퇴장한다)

대솔하인2　아, 그리고 우리 댁 도련님도 병이 났어요. 그래서 곧바로 유모 하나 붙여서 호텔에다 데려다 놨더니만 거기서 자기 엄마도 못 보고 죽어 버렸지 뭡니까.

대솔하인1　사람들이 말이죠, 겁도 없이 죄를 저지른다니까요. 전 우리 하느님께서 다 보고 계신다고 생각합니다.

표도르 이바느이치　제 생각도 그렇습니다.

야코프가 샌드위치를 가지고 위층으로 뛰어 올라간다.

대솔하인1　생각을 좀 해 보세요. 사람이 사람을 무서워한다면 사방이 막혀 있는 곳에 문 걸고 틀어박혀서 감옥에 있는 것처럼 가만히 앉아 있는 수밖에 더 있겠습니까?

제 13 장

타냐가 등장한다.

타냐 (대솔하인들에게 허리를 굽혀 인사한다) 안녕들 하세요!

대솔하인들도 허리를 굽혀 인사한다.

타냐 집사님! 잠깐 드릴 말씀이 있어요.
표도르 이바느이치 그래, 뭐지?
타냐 그게요, 집사님. 농부 어르신들이 다시 오셨어요.
표도르 이바느이치 그래? 그 서류는 벌써 세묜한테 줬는데…
타냐 그 서류는 제가 벌써 어르신들한테 드렸죠. 얼마나 고마워들 하시는지 말도 못해요. 그래서 이제 땅값을 치러야 한다고들 하셔서요.
표도르 이바느이치 그래, 지금 어디들 계시는데?
타냐 여기, 현관 앞에들 계세요.
표도르 이바느이치 알겠다. 내가 가서 주인 나리께 아뢰고 오마.

타냐 저기, 집사님. 한 가지 더 부탁드릴 게 있어요.
표도르 이바느이치 또 뭐지?
타냐 그게요, 집사님. 제가 이제 더 이상 여기서 일할 수 없게 됐어요. 제가 이 댁에서 나갈 수 있도록 말씀 좀 잘해 주세요.

야코프가 뛰어 들어온다.

표도르 이바느이치 (야코프에게) 자넨 또 왜?
야코프 새 사모바르랑 오렌지요.
표도르 이바느이치 가정부한테 가서 물어봐.

야코프가 뛰어나간다.

표도르 이바느이치 (타냐에게) 너 그 말이 무슨 소리냐?
타냐 집사님도 아시잖아요. 제가 이 집에서 하는 일이 어떤지 말이에요.
야코프 (뛰어 들어오면서) 오렌지가 모자라요.
표도르 이바느이치 그냥 있는 것만 갖다줘.

야코프가 뛰어나간다.

표도르 이바느이치 지금은 때가 아니다. 안 보이니? 온통 야단법석인 거?

타냐 이런 야단법석은 아무리 기다려도 끝이 없다는 거 집사님도 잘 아시잖아요. 아시다시피 제가 해야 할 일도 끝이 없다구요. 집사님, 집사님은 저한테 아버지나 다름없어요. 부디 절 딸처럼 여기시고 부탁 좀 들어주세요. 적당한 때에 말씀 좀 잘해 주세요. 주인마님이 화나시면 제 신분증도 안 주신다고 하실 거예요.

표도르 이바느이치 아니, 근데 왜 이렇게 서두르는 거냐?

타냐 그게요, 집사님. 일이 다 잘 풀리기도 했고… 대모님도 보고 싶고, 결혼 준비도 해야 하고 그래서요. 결혼을 크라스나야 고르카[71]에 맞춰서 할 거라서요. 말씀 좀 잘해 주세요, 집사님.

표도르 이바느이치 지금은 잠시 물러가 있거라. 여기는 이 얘기를 계속할 자리가 아니야.

---

71 부활절 후에 맞는 첫 번째 일요일을 일컫는 명칭이다.(역자 주)

제 14 장

노신사가 위층에서 내려와 말없이 대솔하인2와 함께 퇴장한다. 타냐가 퇴장한다. 야코프가 등장한다.

야코프   아니, 집사님, 정말 너무 억울합니다! 지금 주인마님이 저더러 일을 그만두라잖아요. 제가 맨날 분란만 일으킨대요. 피프카한테 신경도 안 쓰고 자기 명령 어기고 농부 어르신들을 주방에 들인 게 저래요. 집사님은 아시잖아요. 전 정말 아무것도 모른다고요! 타냐가 주방에 모시고 가라고 해서 그랬을 뿐이에요. 누가 시켰는지도 몰랐다니까요, 저는.

표도르 이바느이치   아니, 주인마님이 정말로 그렇게 말씀하셨어?

야코프   방금 그러셨다니까요. 집사님, 제발 저 좀 도와주세요! 고향에 있는 식구들이 이제야 좀 먹고살 만해졌는데, 여기서 쫓겨나면 언제 또 일자릴 얻을 수 있겠습니까? 집사님, 제발요!

제 15 장

안나 파블로브나가 틀니를 낀 가발 쓴 고령의 백작부인을 배웅한다. 대솔하인1이 백작부인에게 외투를 입혀 준다.

안나 파블로브나   꼭 그래야죠, 당연한 걸요! 저 정말 감동 받았어요.
백작부인   내가 이 몸만 성했어도 더 자주 찾아뵀을 거예요.
안나 파블로브나   그러니까 표트르 페트로비치 선생님한테 진찰 한번 받아 보세요. 사람이 좀 까칠하긴 해도 치료 하나는 최고라니까요. 설명도 아주 단순하고 명확해요.
백작부인   아니에요, 그냥 전에 진찰받던 사람이 편해요.
안나 파블로브나   그래도 조심하셔야죠.
백작부인   Merci, mille fois merci.[72]

---

72 고마워요, 정말 고마워요. (프랑스어)

제 16 장

그리고리가 머리가 헝클어진 채 흥분한 상태로 식당에서 뛰쳐나온다. 그 뒤로 세묜이 나타난다.

세묜   타냐한테 치근덕대지 좀 말라고!

그리고리   너 이 자식, 내가 진짜 싸움이 뭔지 보여줘? 이 망할 놈아!

안나 파블로브나   지금 뭣들 하는 거야? 여기가 무슨 술집이라도 되는 줄 알아?

그리고리   저 쌍놈의 새끼 때문에 못 살겠어요.

안나 파블로브나   (화를 내며) 두 사람 다 제정신이야? 지금 누가 계시는지 안 보여? (백작부인에게) Merci, mille fois merci. A mardi.[73]

백작부인과 대솔하인1이 퇴장한다.

---

73   감사합니다. 정말 감사해요. 화요일에 뵙겠습니다. (프랑스어)

제 17 장

안나 파블로브나   (그리고리에게) 이게 무슨 짓들이야?

그리고리   제가 비록 여기서 하인 노릇이나 하고 있긴 하지만, 저한테도 자존심이란 게 있어요. 절 밀치면 어떤 놈이든 가만두지 않는다고요.

안나 파블로브나   도대체 무슨 일이 있었는데 그래?

그리고리   세몬 저 자식이 나리들이랑 좀 어울렸다고 간땡이가 배 밖으로 나왔는지 싸움을 걸잖습니까.

안나 파블로브나   그게 무슨 소리야? 아니, 뭣 땜에?

그리고리   누가 알겠어요?

안나 파블로브나   (세몬에게) 이게 대체 무슨 소리야?

세몬   저 자식이 타냐한테 치근덕대는데 어떡해요?

안나 파블로브나   그래서 무슨 일이 있었냐니깐.

세몬   (쓴웃음을 지으며) 아니, 그러니까 저 자식이 자꾸만 타냐를 건드리잖아요. 타냐가 싫다는데도요. 그래서 제가 저 자식을 손으로 밀쳤어요… 아주 살짝이요.

그리고리   살짝은 무슨, 아주 제대로 밀쳤어요. 하마터면 갈

비뼈 나갈 뻔 했다니까요. 연미복까지 찢어졌어요. 그래 놓고 저 자식이 뭐라는 줄 아세요? 어제처럼 자기가 갑자기 힘이 불끈 솟아서 밀쳤다는 거예요.

안나 파블로브나 (세몬에게) 어디서 감히 내 집에서 주먹질이야?

표도르 이바느이치 마님, 외람되지만, 한 말씀 올리겠습니다. 사실 세몬 이 친구가 타냐를 마음에 품고 있고 두 사람은 곧 결혼할 사이입니다. 그런데 그리고리는, 솔직히 말씀드리자면, 처신이 무례하고 품위도 없는 친구긴 합니다. 그래서 세몬 이 친구가 그리고리한테 화가 나서 그런 것 같습니다.

그리고리 절대로 아니에요! 제가 세몬과 타냐 두 사람의 사기 행각을 들춰내니까 앙심을 품고 그런 거라니까요.

안나 파블로브나 사기 행각이라니?

그리고리 심령회 말이에요. 어제 나타났던 모든 빙의 현상은 세몬이 아니라 타냐가 한 짓이에요. 타냐가 소파 밑에서 기어 나오는 거 제가 직접 봤다구요.

안나 파블로브나 소파 밑에서 기어 나오다니?

그리고리 맹세코 사실을 말씀드리는 거예요. 서류 가져와서 책상에다 던진 건 타냐라고요. 타냐만 아니었으면 주인 나리께서 서류에 서명하는 일도, 농부들에게 땅을 파는 일도 없었을 거라구요.

안나 파블로브나   네가 직접 봤단 말이야?

그리고리   이 두 눈으로 똑똑히요. 타냐 걔 불러와 볼까요? 걔도 딱 잡아떼진 못할 겁니다.

안나 파블로브나   당장 오라고 해.

그리고리가 퇴장한다.

제 18 장

무대 뒤편이 소란스럽다. '안 됩니다, 안 돼요.'라고 하는 문지기의 목소리가 들린다. 문지기가 나타나고 농부 셋이 문지기 옆을 지나쳐서 뛰어 들어온다. 농부2가 앞장서서 달려오고 농부3은 비틀거리다 앞으로 넘어지더니 코를 움켜쥔다.

문지기   안 됩니다. 가세요!

농부2	아이고, 별일 아니에요. 우리가 설마 무슨 나쁜 짓이라도 하겠습니까? 그냥 돈 드리러 왔다니까요.
농부1	그렇구말구요. 서명도 다 했고 거래도 성사됐으니 저흰 그저 감사한 마음으로 돈을 드리려는 것뿐입니다.
안나 파블로브나	잠깐, 잠깐. 감사는 나중에들 하시고. 이거 전부 다 속임수였네. 아직 거래가 성사된 것도 아니고, 땅이 팔린 것도 아니야. 여보! 얼른 주인 나리 좀 모셔 와.

문지기가 퇴장한다.

제 19 장

레오니드 표도로비치가 전실로 나오다가 안나 파블로브나와 농부들을 보더니 도로 들어가려고 한다

안나 파블로브나   아녜요, 그쪽 아녜요. 이쪽으로 와요, 당장! 내가 말했죠? 외상으로 땅 팔면 안 된다고 내가 몇 번을 말해요? 그러니까 당신이 덜떨어진 사람 취급 받으면서 속고만 사는 거라고요.

레오니드 표도로비치 이게 무슨 소리야? 속고만 살다니. 당최 알아들을 수가 있어야지.

안나 파블로브나   부끄러운 줄이나 알아요! 아니, 철부지 애도 아니고 백발이 성성해서는 아무한테나 속아 넘어가고 비웃음이나 사고 있잖아요. 아들이 체면 좀 세우겠다고 부탁한 300루블은 그렇게 아까워하면서 정작 당신은 바보처럼 속아서는 수천 루블을 날리게 생겼어요, 지금.

레오니드 표도로비치 아니, 여보, 진정 좀 해.

농부1   저희는 그저 돈을 드리려고 온 건데…

농부3   (돈을 꺼낸다) 이거 받으시고, 저희는 그냥 가 보겠습니다요.

안나 파블로브나   잠깐, 잠깐.

제 20 장

그리고리와 타냐가 등장한다.

안나 파블로브나   (타냐에게 엄한 말투와 표정으로) 너 엊저녁에 심령회 열었을 때 그 자리에 있었니?

타냐가 한숨을 쉬며 표도르 이바느이치, 레오니드 표도로비치, 세몬을 차례로 둘러본다.

그리고리   이제 그냥 사실대로 털어놔. 내가 똑똑히 봤어.
안나 파블로브나   말해. 거기 있었니? 다 알고 있으니까, 사실대로 말해. 너한텐 아무 일도 없을 거야. 난 그냥 (레오니드 표도로비치를 가리키며) 저 사람, 그래 내 남편이 무슨 짓을 했는지 알고 싶은 것뿐이야. 서류를 책상에 던진 게 너였니?
타냐   무슨 말씀을 드려야 할지 모르겠어요. 그냥 절 집에 돌려보내 주시면 안 돼요?
안나 파블로브나   (레오니드 표도로비치에게) 이거 봤죠? 당신 바보 취급하는 거?

제 21 장

벳시가 등장해 아무도 모르게 조용히 서 있는다.

타냐 집에 가게 해 주세요, 마님!

안나 파블로브나 타냐, 그건 안 돼. 너 때문에 우리가 수천 루블을 손해 봤을 수도 있어. 팔아선 안 될 땅을 팔아 버렸거든.

타냐 집에 가게 해 주세요, 마님!

안나 파블로브나 안 돼, 대답부터 해. 사기를 치는 건 절대로 해서는 안 되는 일이야. 널 치안판사한테 넘겨야겠다.

벳시 (앞으로 나서면서) 타냐는 내버려 두세요, 엄마. 그 아일 판사한테 넘기시려면 저도 같이 넘기세요. 어제 일은 다 타냐랑 제가 같이 꾸민 거예요.

안나 파블로브나   하긴, 네깟 게 꾸민 짓이라면 최악의 결과 말고 뭘 더 기대할 수 있겠니?

제 22 장

교수가 등장한다.

교수   안녕하세요, 사모님! 안녕하세요, 아씨! 중위님, 제가 말이죠, 시카고에서 열렸던 제13차 심령론자 대회 보고서를 가져왔습니다. 슈미트의 연설이 정말 놀랍더라고요.

레오니드 표도로비치   아, 그거 정말 재밌겠군요!

안나 파블로브나   내가 훨씬 더 재밌는 얘기 해드려요? 교수님이랑 제 남편이랑 이 계집애한테 감쪽같이 속았더라고요. 우리 딸이 자기가 했다고는 하지만요, 그건 괜히 나한테 어깃장을 놓으려고 그러는 거고요. 여기 이 글도 못 읽는 계집애가 두 분을 속였어요. 그리고 두 분은 그 속임수에 넘어간 거고요! 어제는 빙의 현상 같은 건 하나도 일어나지 않았던 거예요. (타냐를 가리키며) 이 애가 전부 다 꾸민 짓이라고요.

교수 (외투를 벗으며) 네? 그게 무슨 말씀입니까?

안나 파블로브나 그러니까 깜깜한 데서 기타도 치고 제 남편 머리도 치고 교수님이 사람들 모아서 하는 그 바보 같은 짓도 전부 다 애가 한 거였다는 말씀이에요. 애가 방금 실토했어요.

교수 (미소를 지으며) 그래서 그게 도대체 뭘 증명한다는 말씀이죠?

안나 파블로브나 교수님이 그토록 떠받드시는 그 심령론이라는 게 다 헛소리라는 거요! 바로 그걸 증명한다는 얘기죠.

교수 이 아가씨가 속임수를 쓰려고 했기 때문에 심령론이 헛소리라는 게 사모님께서 하시려는 말씀인가요? (미소를 지으며) 이상한 논리 아닐까요? 이 아가씨가 속임수를 쓰려고 했다는 건 충분히 있을 수 있는 일입니다. 자주 있는 일이니까요. 이 아가씨가 뭔가를 조작했을 수도 있죠. 하지만 이 아가씨가 한 일과 영적 에너지의 발현은 별개의 문제입니다. 오히려 이 아가씨가 한 일이, 말하자면, 영적 에너지의 발현을 촉진해서 영적 에너지를 일정한 형태로 나타나게 했을 가능성도 농후하죠.

안나 파블로브나   아니, 절 또 학생 취급하시는 거예요?

교수   (단호하게) 사모님께선 지금 이 아가씨와 따님이 뭔가를 조작했을 수도 있다고 말씀하십니다. 하지만 어제 우리가 다 같이 본 불빛도, 처음에는 체온이 떨어졌다가 두 번째에는 체온이 올라갔던 현상도, 또 그로스만의 격한 반응과 떨림도 죄다 이 아가씨가 꾸며냈다는 건가요? 그건 다 실제로 일어난 일들 아닙니까, 사모님? 이러시면 안 됩니다, 사모님. 함부로 얘기해서는 안 되는 것들이 엄연히 있는 겁니다. 부단한 연구와 충분한 이해가 선행돼야만 말할 수 있는 것들 말이죠. 아주 심각하고도 또 심각한 것들이 있는 겁니다.

레오니드 표도로비치   마리야 바실리예브나 부인이 똑똑히 봤다던 그 아이 있잖아. 나도 봤는데… 그런 건 이 아이가 할 수 있는 일이 아니야.

안나 파블로브나   당신은 당신이 똑똑한 줄 아는 모양인데,

아니요, 당신은 모자라도 한참 모자란 사람이에요.
레오니드 표도로비치 난 그만 들어가 볼게. 교수님, 제 서재로 드시죠. (서재로 들어간다)
교수 (어깨를 으쓱이며 레오니드 표도로비치를 뒤따라간다) 정말이지, 유럽 쫓아가려면 우린 아직 갈 길이 까마득합니다!

제 23 장

야코프가 등장한다.

안나 파블로브나 (레오니드 표도로비치의 뒤통수에다 대고) 바보처럼 속아 넘어가 놓고는 아무것도 몰라요. (야코프에게) 자넨 또 왜?
야코프 상을 차리려는데 식사는 몇 분이나 하십니까?
안나 파블로브나 뭐? 몇 분? 표도르! 이 인간이 관리하던 은식기부터 회수하도록 해! 그리고 당장 내보내!

다 이 인간 때문이야. 내가 이 인간 때문에 제명에 못 죽지. 어제는 아무 죄도 없는 강아지를 굶겨 죽일 뻔하질 않나, 그것도 모자라서 전염병에 걸린 농부들은 주방으로 데려오질 않나. 얼씨구, 그 농부들은 또 여기 떡하니 있어요. 다 저 인간 때문이라고! 나가! 당장 나가! 자네는 해고야, 해고! (세몬에게) 그리고 너는 말이야, 내 집에서 앞으로 또다시 소란을 피웠다간 아주 혼쭐이 날 줄 알아, 이 추잡스러운 놈아!

농부2   아니, 제 아들놈이 추잡스러운 놈이면 추잡스러운 놈을 뭐 하러 이 댁에 붙잡아 두십니까? 이 녀석도 이 집에서 내보내 주십시오. 지금 당장 끝장을 내자고요.

안나 파블로브나   (농부2가 하는 말을 들으면서 농부3을 유심히 들여다보다) 이거 봐. 이 노인네 코에 있는 거, 이거 발진 아니야, 발진! 이 노인네도 전염병에 걸렸잖아! 병균 덩어리라고! 이래서 어제 내가 이 사람들 집에 들이지 말라고 분명히 말했는데, 도대체 왜 또 여기들 있는 거야? 당장 쫓아내지들 못해?

표도르 이바느이치   저기, 그럼 돈은 어떻게… 받지 말까요?

안나 파블로브나   돈? 돈은 받아야지. 그렇지만 이자들, 특히 병에 걸린 이 노인네는 지금 당장 내보내! 노인네가 완전히 곪아 터졌잖아.

농부3   왜 괜히 그런 말을 하십니까요, 마님? 맹세코 전 말짱하다고요. 우리 할멈한테 한번 물어보세요. 제가 어디가 곪아 터졌다는 겁니까? 보세요, 그러니까 그 유리처럼 티 하나 없이 매끈하잖아요.

안나 파블로브나   지금 말대꾸까지 하는 거야? 당장 나가! 나가라니까! 왜 다들 나만 못 잡아먹어서 안달이야? 못 살아, 내가 정말 못 살아! 얼른 가서 의사 선생님 좀 불러와! (흐느끼면서 달려 나간다)

야코프와 그리고리가 퇴장한다.

제 24 장

타냐   (벳시에게) 아씨, 전 이제 어떡하면 좋죠?

벳시　　괜찮아, 괜찮아. 너는 저분들이랑 같이 가. 여긴 내가 알아서 할게. (퇴장한다)

제 25 장

문지기가 등장한다.

농부1　　집사 양반, 그러면 이제 돈은 어떻게 드리면 되겠소?

농부2　　이제 그만 집에 좀 가게 해 주십시오.

농부3　　(돈을 들고 머뭇거린다) 이럴 줄 알았으면 난 죽었다 깨어나더라도 절대 시작도 안 했을 거야. 사람 피 말려 죽이는 게 고약한 병보다도 더하니, 원.

표도르 이바느이치　　(문지기에게) 어르신들을 내 방으로 모시게. 내 방에 주판도 있으니 돈은 거기서 받아야 겠어. 어서 모시고 가게.

문지기　　가시죠, 어르신들.

표도르 이바느이치　　고마워해야 할 사람은 타냐입니다. 그 애가 아니었으면 땅은 못 사셨을 거예요.

농부1　　그렇구말구요. 묘안을 내더니만 그걸 또 실행에 옮기기까지 한 거 아닙니까.

농부3　　타냐, 네가 우릴 사람으로 취급해 줬기에 망정이지, 안 그랬으면 어쩔 뻔했어? 땅이 모자라서 소는커녕 닭 한 마리 풀어놓을 데도 없는데 말이야. 얘야, 잘 있거라. 우리 마을에 오면 내가 맛있는 꿀을 대접하마.

농부2　　집에 돌아가면 결혼식 준비를 하게 생겼구나. 맥주부터 담가야겠어. 꼭 오거라.

타냐　　네, 갈게요. 가고말고요. (꺅하고 비명을 지른다) 세몬! 정말 잘됐어!

농부들과 문지기가 퇴장한다.

제 26 장

표도르 이바느이치   잘 살거라. 근데 타냐, 네가 가정을 꾸리게 되면 내가 너네 집에 가서 며칠 묵으려고 하는데, 괜찮겠니?

타냐   아저씨도 참, 친아버지처럼 잘 모셔야죠! (표도르 이바느이치를 껴안고 뺨에 뽀뽀한다)

막이 내려간다.

– 끝 –

역자 해설
'계몽의 열매'의 여정: 지면을 넘어 무대로

— 김경준

　톨스토이의 희곡『계몽의 열매』는 1886년 11월을 시작으로 1890년 6월까지 수십 차례의 수정을 거쳐 완성되었다. 이 작품은 1891년 'A. S. 유리예프[1]를 추모하며 – 고인의 친구들이 발간한 문집'에 수록된 형태로 처음 출판되었으며, 같은 해 톨스토이 작품집 제13권에 재수록되었다.
　톨스토이는 모스크바에 사는 지인의 집에서 열린 한 심령회에 참석했던 것을 계기로 이 작품을 구상했다. 톨스토이는 심령술을 자기기만이나 속임수라고 평가하며 부정적인 태도를 취했다고 전해진다. 톨스토이가『계몽의 열매』를 집필하기 시작한 건 1886년 11월로, 그의 또 다른 희곡『어둠의 힘』과 거의 같은 시기다.
　『계몽의 열매』는 지속적인 수정을 거쳐 최종적으로 확정된 제목이다. 구상 단계에서 처음으로 붙여진 제목은 '희극 심령

---

[1] Сергей Андреевич Юрьев / Sergey Andreyevich Yuriev (1821.5.25–1889.1.7) – 번역가, 편집자, 발행자, 연극 평론가, 수필가 등 당대 러시아 문학계와 연극계에서 다방면으로 활동한 인물이다.

술사(Комедия Спириты)'였고, 이후 제1막과 제2막의 제1장과 제2장 일부를 작성하고 두어 차례 수정을 거치며 '교활한 여인(Исхитрилась!)'이라는 제목으로 바뀌었다. 초고에서는 실존하는 주변인들의 이름을 그대로 차용하여 등장 인물을 구성했다. 이는 이 작품이 애초에 출판용으로 구상한 것이 아니었음을 말해 준다. 실제로 톨스토이 역시 이 작품이 출판용이 아닌, 딸들의 부탁으로 가족 연극[2]용으로 쓴 것이었다고 설명하기도 했다.

1888년 말까지 초고를 수차례 수정한 이후 한동안 집필 작업은 중단되었다. 이후 1889년 3월 말 톨스토이는 희곡 작업을 재개했다. 우선 제1막을 수정한 뒤 제2막의 나머지 부분과 제3막 및 제4막의 초고를 작성했다. 일주일여 만에 제1막은 최종본에 근접한 형태가 되었고 새로운 인물도 추가되었다. 나머지 제2막, 제3막, 제4막은 최종본보다 현저히 짧은 형태였다. 이후 한 달여 간은 희곡 집필에 흥미를 잃고 재차 휴지기에 들어간다.

톨스토이는 원래 앞서 언급한 'A. S. 유리예프'를 추모하며 – 고인의 친구들이 발간한 문집'에 『크로이처 소나타』를 수록할 계획이었지만, 『크로이처 소나타』 검열 결과 출판 금지 판결이

---

[2] Домашний театр / domashniy teatr – 18세기 러시아 귀족 사회에서 나타난 독특한 문화 현상이다. 귀족의 저택이나 영지 내에 마련된 무대에서 가족 구성원이나 지인들이 직접 배우로 참여하여 공연하는 연극을 말한다. 이는 당시 러시아 상류층의 중요한 여가 활동이자 아마추어 예술 활동의 장이었다. 귀족의 교양 수준이나 예술에 대한 애정을 표현하는 방식 중 하나다.

나자 1889년 5월 말 '교활한 여인'을 문집에 수록하기로 마음먹고 다듬기 작업에 재돌입했다. 하지만 톨스토이는 교정 결과물을 썩 마음에 들어 하지 않았다. 같은 해 12월 야스나야 폴랴나에서의 가족 연극을 기획했던 딸 타냐의 부탁으로 다시금 희곡을 다듬기 시작했다. 톨스토이는 연극 연습에 직접 참여하여 아마추어 배우들의 개성에 맞게 희곡을 다듬는 적극성을 보이기도 했다. 이 과정에서 작품의 제목이 '계몽의 열매'로 바뀌어 최종적으로 확정되었다.

톨스토이 스스로는 여전히 결과물에 만족하지 않았지만, 『계몽의 열매』는 1889년 12월 30일 야스나야 폴랴나에서 최초로 무대 위에 올려진다. 하지만 사건과 등장 인물은 아직 최종 출판본과 다른 상태였다. 첫 공연 이후 공연 참여자들과 관객들을 중심으로 입소문이 퍼지면서 지식층으로부터 『계몽의 열매』가 교수와 학자를 싸잡아서 조롱한다는 항의가 이어지자 톨스토이는 집필의 의도와 경위를 설명하고 사과하며 항의를 잠재우는 해프닝이 벌어지기도 했다.

톨스토이는 첫 공연 바로 다음날부터 작품을 수정하기 시작했다. 마무리 작업은 1890년 4월말까지 지속되었다. 이후 두 달여 간 수차례의 교정 작업을 이어간 끝에 『계몽의 열매』는 공식적으로 세상의 빛을 보게 된다.

『계몽의 열매』 원고는 공식 출판 전에 이미 독자와 관객 사이에서 암암리에 돌고 있었다. 'No.20-23'이라는 번호가 붙여진 원고였다. 이 원고를 접한 수많은 번역가들로부터 번역 가능성에 관한 문의가 쇄도하기도 했지만, 톨스토이는 공식 출판 전이기 때문에 번역은 시기상조라는 생각을 고수했다.

톨스토이가 『계몽의 열매』 집필 작업을 마무리한 1890년 4월에는 툴라와 차르스코예 셀로에서 각각 아마추어 공연 형태로 〈계몽의 열매〉가 무대에 올려졌다. 작품의 무대화 과정에서는 우여곡절이 있었다. 1890년 3월에서 4월 사이 공연 검열 당국이 〈계몽의 열매〉 상연을 허가했지만, 언론 총국이 나서서 검열 당국의 허가 결정을 보류했다가 당시 내무부 장관의 판단으로 상연이 재차 허가되었다. 다만 전문 극장이 아닌, '아마추어 극장에 한해' 공연이 허용된다는 단서가 붙었다. 이후 1891년 3월에는 '주지사의 재량에 따라'라는 단서가 추가되었고 황실 소유 극장에서의 공연만 허용되었다. 1893년 11월부터는 지방에서도 개별 허가를 받아 상연할 수 있게 되었다. 그러다 1894년 4월에야 러시아 전역에서의 공연이 허용되었다.

1891년에는 예술문학협회에서 연극 〈계몽의 열매〉를 상연했다. 스타니슬랍스키(К. С. Станиславский / K. S. Stanislavsky)가 연출하고 직접 레오니드 표도로비치 즈베즈딘체프를 연기했던 작품이었다.

1891년 9월 26일에는 상트페테르부르크의 황실 극장인 알렉산드린스키 극장(Александринский театр / Alexandrinsky theatre)에서 전문 연극인들이 참여한 공식 초연이 거행되었다.

이어 같은 해 12월 12일에는 모스크바의 말리 극장(Малый театр / Maly theatre)에서도 처음으로 무대에 올려졌다. 톨스토이는 1892년 1월 7일 말리 극장을 방문해 공연을 관람했다. 톨스토이는 공연 관람 후 배우들의 연기를 높이 평가했으나, 농부들이 지나치게 희화화되었다는 불만을 표출했다는 후문이 있다.

〈계몽의 열매〉는 이후 혁명 전 러시아와 소비에트 시대에도 널리 상연되었다. 특히 1951년 모스크바 예술극장(Московский художественный театр / Moscow art theatre)에 올려진 케드로프(М. Н. Кедров / M. N. Kedrov)의 연출작은 소비에트 시기 최고의 공연으로 손꼽힌다.

이후에는 독일, 영국, 프랑스, 벨기에 등지에서도 무대에 올려졌다. 2015년부터는 마야콥스키 모스크바 아카데미 극장(Московский академический театр им. Вл. Маяковского / V. Mayakovsky The Moscow Academic Theatre)의 공식 레퍼토리로 자리잡았다. 현재는 다양한 형태로 각색되어 프로 및 아마추어 연극인들에 의해 지속적으로 무대에 올려지고 있다.

레프 톨스토이 연보

Л.Н. Толстой

1828년   8월 28일, 니콜라이 일리이치 톨스토이 백작과 마리야 니콜라예브나 톨스타야 백작 부인의 5남매 중 넷째 아들로 태어남. 아버지 니콜라이 일리이치는 퇴역 중령, 어머니 마리야 니콜라예브나는 볼콘스키 공작 집안 출신이었으며, 형 니콜라이, 세르게이, 드미트리가 있었음. 태어난 다음날 성 니콜라이 성당에서 벨료프 지방의 지주 S.I.야지코프와 펠라게야 니콜라예브나 톨스타야 백작 부인을 대부모로 세례를 받음.

1830년(2세)   8월, 어머니 마리야 니콜라예브나, 여동생 마리야 출산 직후 사망. 톨스토이는 어머니를 기억하지 못했으나, 그의 의식 속에 '숭고한 이상형'으로 남아 훗날 『전쟁과 평화』의 공작영애 마리야의 원형이 됨.

1833년(5세)	푸쉬킨의 시 「바다에」와 「나폴레옹」을 암송하여 아버지를 감동시킴. 형들과 함께 손으로 쓴 잡지 「아이들의 놀이」를 만듦.
1835년(7세)	형 니콜라이로부터 전쟁도 질병도 죽음도 없고 모든 사람이 개미 형제가 되는 행복한 세상을 가져온다는 '푸른 지팡이'의 전설을 들음. 형들과 함께 집 안에 작은 천막을 치고 '개미 형제' 놀이에 열중함.
1837년(9세)	1월, 톨스토이 집안, 모스크바로 이주. 6월, 아버지 니콜라이 일리이치가 툴라에서 급사. 고모인 A.I.오스텐 사켄 부인과 S.I.야지코프가 남은 아이들의 후견인이 됨. 매우 종교적이었던 오스텐 사켄 부인을 대신해 T.A.요르골스카야 부인이 아이들을 직접 양육함. 형들과 함께 손으로 쓴 잡지 「아이들의 도서관」을 만듦.
1838년(10세)	5월, 할머니 펠라게야 니콜라예브나 사망. 펠라게야 톨스타야는 훗날 「유년시절」과 「소년시절」에 등장하는 할머니와 『전쟁과 평화』 속 로스토바 백작 부인의 원형이 됨. 7월, 톨스토이 집안의 아이들과 요르골스카야 부인, 야스나야 폴랴나로 이주. 12월, 야스나야 폴랴나에서 형들과 함께 가족을 위한 연극을 공연함.
1839년(11세)	8월, 맏형 니콜라이가 모스크바 대학에 입학하자 요르골스카야 부인과 함께 모스크바로 이주. 가을과 겨울은 야스나야 폴랴나에서 보냄.
1840년(12세)	문학에 심취하여 러시아어와 프랑스어로 시와 우화 등을 씀. 7월, 야스나야 폴랴나에서 요르골스카야 부인의 명명일을 기념하여 부인에게 프랑스어로 편지를 씀. 이 편지가 지금까지 전해지는 레프 톨스토이의 서간 중 가장 오래된 것임.
1841년(13세)	8월, 후견인이었던 오스텐 사켄 부인이 옵티나 수도원에서 사망. 톨스토이가 부인의 비문을 씀. 새로운 후견인이 된 고모 펠라게야 일리이니쉬나 유쉬코바가 살고 있는 카잔으로 형제와 함께 이주.

1844년(16세) 9월, 카잔대학교 동양어대학 아랍·터키어과에 입학. 이후 사교계에 출입하며 방탕한 생활을 함.

1845년(17세) 진급시험에 떨어져 법학대학으로 재입학.

1846년(18세) 1월, 잦은 결석으로 교내 감옥에 갇힘. 5월, 진급시험을 통과하여 2학년에 진급함. 가을, 형들과 함께 후견인의 집에서 독립.

1847년(19세) 철학에 심취하여 「장 자크 루소의 사상에 대한 철학적 고찰」, 「철학의 목적에 관하여」 등의 글을 씀. 3월, 일기를 쓰기 시작함. 몽테스키외의 「법의 정신」과 예카테리나 여제의 「훈령」 비교 연구. 4월, 야스나야 폴랴나에서 독학과 농업에 전념하기 위해 카잔대학교를 중퇴함. 5월, 야스나야 폴랴나로 돌아와 여름을 보냄.

1848년(20세) 가을과 겨울을 모스크바에서 보내며 방탕한 생활을 이어감.

1849년(21세) 2월, 페테르부르크 대학 입학을 위해 페테르부르크로 이주함. 4월, 페테르부르크 대학교에서 법학사 자격 시험을 치러 두 과목 합격. 보로틴카 마을과 숲을 팔아 모스크바와 페테르부르크 생활에서 진 빚을 갚음. 5월, 페테르부르크 대학 입학을 포기함. 입대하여 헝가리로 가려고 했으나 형 세르게이의 충고로 포기하고 야스나야 폴랴나로 돌아옴. 여름, 농민의 아이들을 위한 학교를 세움. 11월, 툴라 주 귀족위원회의 사무직을 맡음

1850년(22세) 겨울, 여러 지역을 여행하며 친지들을 만남. 여름, 야스나야 폴랴나에서 영지 경영에 전념하며 몽테스키외를 읽고 음악에 빠져듦. 훗날 「지주의 아침」에서 이 시기의 일을 그림. 12월, 모스크바에서 사교계를 드나들며 「브라쥐롱 자작」, 「루이 14세와 그의 시대」 등 A. 뒤마의 소설을 읽고 '소설을 읽지 말 것'이라는 일기를 남김. 「유년시절」을 쓰기 시작함. 사교계에서의 처세술과 카드놀이 하는 방법 등을 일기에 남김.

1851년(23세) 3월, 「유년시절」과 「어제의 이야기」 집필. 벤자민 프랭클린을 본받아 매일 일기를 쓰기 시작함. 4월, 맏형 니콜라이가 있는 카프카스로 가 함께 카잔, 사라토프, 아스트라한 등을 여행함. 5월 스타로글라드콥스카야 마을에 도착함. 이 마을은 훗날 「카자크 인」에서 노보블린스카야 마을로 그려짐. 6월, 로렌스 스턴의 「풍류 여정기」를 러시아어로 옮기기 시작함. A.I.바랴틴스키 공작이 지휘한 체첸 마을 습격에 의용병으로 참전. 이때의 경험이 「습격. 의용병의 이야기」(1852)로 그려짐. 8월, 스타로글라드콥스카야 마을로 돌아와 「유년시절」 집필. 10월, 형 니콜라이와 함께 티플리스(현 트빌리시)로 돌아옴. 11월~12월, 요양을 하며 「유년시절」 1부를 완성함. 12월, 20 포병연대에 자원.

1852년(24세) 1월, 사관후보생 시험을 치러 4급 포병 하사관으로 편입. 2월, 미스키르-유르트 전투에 참가했다 탄환에 맞아 중상을 입음. 3월~4월, 스타로글라드콥스카야에서 「유년시절」을 집필하며 D.V.그리고로비치의 소설들을 읽음. 5~8월, 병의 치료를 위해 퍄티고르스크에 머물며 「유년시절」, 「습격」을 집필하고, 소설 「러시아 지주의 이야기」를 구상함. 7월, N.A.네크라소프에게 「유년시절」의 원고를 보냄. 9월, 잡지 「동시대인」에 「나의 유년시절 이야기」가 실림. 12월, 「습격」을 탈고하고 잡지 「동시대인」에 보냄.

1853년(25세) 1~3월, 체첸 토벌에 참가. 2월, 카치칼리콥스키 산(山) 전투에서 무공을 세움. 3월, 잡지 「동시대인」에 「습격」이 실림. 스타로글라드콥스카야에 머물며 「크리스마스 이브」와 「소년시절」에 착수함. 5월, 전역을 요청함. 7~10월, 젤레즈노, 기슬로보츠크 등을 돌아보며 「소년시절」, 「카자크 인」, 「득점기록원의 수기」 등을 집필함. 가을~겨울, 러시아-터키 전쟁 발발로 인해 전역 요청이 거부되자 S.D.고르차코프 공작에게 도나우 파견군으로의 발령을 요청함. N.M.카람진의 「러시아 역사」와 N.G.우스트럌로프의 「러시아사」를 읽음.

1854년(26세) 1월, 소위보로 임명됨. 도나우 파견군 12 포병연대 4중대로 발령남. 2월, 야스나야 폴랴나로 돌아와 부임을 준비하며 유언장을 작성함. 3월, 부하레스트에 도착하여 포병부대와 함께 몰다비아, 발라히야, 베사라비야의 여러 지역에 머묾. 7월, 두 차례에 걸쳐 크림 반도 파견군으로의 발령을 요청함. 9~10월, 장교들과 함께 사병 교육과 계몽을 위한 조직을 만들기로 함. 이것이 사병을 위한 잡지 발간 계획으로 발전하였으나 황제의 금지로 실현되지 못함. 10월, 잡지 「동시대인」에 「소년시절」이 실림. 11월, 세바스토폴에 도착. 겨울, 심페로폴에 주둔하며 전투에 참가함.

1855년(27세) 1월, 잡지 「동시대인」에 「득점기록원의 수기」가 발표됨. 3월, 훗날 러시아정교로부터 파문을 당하게 된 톨스토이 종교관의 원형을 볼 수 있는 글을 일기에 남김. 6월, 잡지 「동시대인」에 「12월의 세바스토폴」이 실림. 9월, 잡지 「동시대인」에 「삼림벌채」와 「5월의 세바스토폴」이 실림. 10월, 곧바로 전역하여 문학 활동에 전념하기를 권하는 I.S.투르게네프의 첫 편지를 받음. 11월, 페테르부르크로 가 투르게네프, 곤차로프, 네크라소프, 튜체프 등의 열렬한 환영을 받음. 12월, A.A.페트와 친분이 시작됨.

1856년(28세) 1월, 휴가를 받아 모스크바로 감. 형 드미트리 사망. 잡지 「동시대인」에 「1855년 8월의 세바스토폴」 발표. 2~5월, A.N.오스트롭스키, S.T.악사코프, K.S.악사코프 등과 교류함. 투르게네프와 논쟁 후 화해. 3월, 11개월 간의 휴가를 요청함. 1855년 8월 4일 쵸르나야 레치카 유역 전투에서 세운 무공을 인정받아 중위로 진급됨. 잡지 「동시대인」에 「눈보라」 발표. 4월, 야스나야 폴랴나 농노해방 계획을 세움. 5월, 잡지 「동시대인」에 「두 경기병」 발표. 내무성 장관 A.I.레프쉰에게 야스나야 폴랴나 농노 해방 계획서를 보냄. 6~10월, 야스나야 폴랴나에 머물며 농노들에게 농노 해방 계획을 설명하고 설득하였으나 실패로 돌아감. 「홀스토메르」, 「카자크 인」, 「청년시절」, 「먼 들」을 집필함. 11월~1857년 1월, 페테르부르크에 머물며 「강등병」, 「자유로운 사랑」, 「러시아 지주의 이야기」, 「지주의 아침」, 「알베르트」, 「청년시절」 등을 집필함. 군대에서 퇴역. 12월, 잡지 「도서관」에 「강등병」이, 잡지 「조국수기」에 「지주의 아침」이 실림.

1857년(29세) 1월, 잡지 「동시대인」에 「청년시절」 발표. 1~7월, 프랑스, 스위스, 이탈리아, 독일 등지를 여행함. 8월, 야스나야 폴랴나에 돌아와 「카자크 인」, 「알베르트」를 집필. 9월, 잡지 「동시대인」에 「루체른」 발표. 11~12월, 모스크바와 야스나야 폴랴나를 오가며 「카자크 인」, 「알베르트」, 「세 죽음」, 「부활절」 등을 집필.

1858년(30세) 3월, 페테르부르크로 가 네크라소프에게 「알베르트」 원고를 전달함. 3~4월, 모스크바에서 「부활절」을 집필. 6~8월, 농사에 전념함. 잡지 「동시대인」에 「알베르트」가 실림. 9월, 농노의 삶을 개선하기 위한 툴라 주 위원회의 위원을 선출하기 위한 귀족 회의에 참가.

1859년(31세) 1월, 잡지 「도서관」에 「세 죽음」 발표. 러시아 문학애호가협회 회원이 됨. 1~2월 「결혼의 행복」 집필. 5월, 야스나야 폴랴나의 저택을 수리. 「러시아 통보」에 「결혼의 행복」 발표. 11월, 야스나야 폴랴나에 농민의 아이들을 위한 학교를 세우고 교육에 전념함.

1860년(32세) 야스나야 폴랴나에서 농민 아동 교육에 전념함. 3월, 교육에 관한 최초의 글 「교육에 관한 수기와 자료」를 쓰고, 당시 계몽성 장관이었던 E.P.코발렙스키에게 민중 교육을 위한 기구의 창설과 교육 잡지의 창간을 요청함. 교육 기구 창설은 거부되었으나, 교육 잡지는 「야스나야 폴랴나」라는 이름으로 1862년에 톨스토이가 직접 발간함. 7월, 두번째 유럽 여행을 떠나 독일, 스위스, 프랑스와 영국을 돌아보며 교육 제도를 시찰함. 8~9월, 위독한 상태의 맏형 니콜라이와 함께 프랑스에 머물며 민중 교육에 대한 글들을 씀. 9월 20일, 맏형 니콜라이가 결핵으로 사망. 가을, 플로렌스에서 데카브리스트 S.G.볼콘스키와 친분을 나눔. 볼콘스키는 훗날 미완작 「데카브리스트」의 피에르 라바조프의 원형이 됨. 런던에서 A.I.게르첸과 교류하며 찰스 디킨스의 교육 강의를 들음. 「카자크 인」, 「이딜리야」, 「티혼과 말라니야」 등을 집필.

1861년(33세) 4월, 페테르부르크로 돌아와 주일학교들을 돌아보고 계몽성 장관 코발렙스키에게 교육 잡지 「야스나야 폴랴나」의 창간을 요청함. 5

월, 야스나야 폴랴나로 돌아와 지주와 농민 간의 분쟁 조정위원으로 위촉됨. 8월, 톨스토이가 농민들의 편에 선다는 이유로 귀족들이 크라피브나 귀족단장에게 탄원서를 보냄. 10~11월, 농민들의 요청에 따라 크라피브나 지방에 12개 학교를 개설함.

1862년(34세) 봄, 야스나야 폴랴나와 모스크바를 오가며 잡지 「야스나야 폴랴나」 발간에 전념함. 「민중 교육의 의미」, 「교육자의 사명」, 「교육과 양육」, 「누가 누구에게 글을 배워야 할 것인가, 농민의 아이들이 우리에게 배워야 하는가, 우리가 농민의 아이들에게 배워야 하는가」 등의 글을 씀. 자신의 미르 안에 새 학교들을 개설함. 농민들 편에 섰다는 이유로 지역 귀족들의 반대에 부딪혀 분쟁조정위원직에서 물러남. 5월, 제자 V.모로조프, E.체르노프 등과 함께 사마라 지역으로 마유(馬乳) 요양을 떠남. 7월, 톨스토이의 부재를 틈타 헌병들이 야스나야 폴랴나를 수색함. 8월, L.A.베르스가 딸들과 함께 머물던 A.M.이슬레니예프 영지를 방문함. 소피야 베르스에게 알파벳 이니셜을 이용한 고백을 함. 훗날 이 에피소드는 「안나 카레니나」에서 레빈이 키티에게 사랑을 고백하는 장면으로 삽입됨. 베르스 일가가 모스크바로 떠나자 함께 가 모스크바에 머물며 매일 베르스 일가와 만남. 잡지 「야스나야 폴랴나」를 위한 글들을 집필. 알렉산드르 2세에게 가택 수색을 항의하는 서간을 보냄. 9월, 크레믈의 성모탄생성당에서 소피야 안드레예브나 베르스(당시 18세)와 결혼. 10~12월, 「카자크 인」, 「폴리쿠쉬카」, 「티혼과 말라니야」 등을 집필.

1863년(35세) 1월, 잡지 「야스나야 폴랴나」 정간. 2월, 아내와 함께 야스나야 폴랴나로 돌아옴. 잡지 「러시아 통보」에 「카자크 인」 발표. 3월, 잡지 「러시아 통보」에 「폴리쿠쉬카」 발표. 3~4월 「홀스토메르」 집필. 6월, 맏아들 세르게이 태어남. 『전쟁과 평화』 착수. 희극 『감염된 가족』을 집필.

1864년(36세) 1월, 「감염된 가족」 탈고. 2월, 「감염된 가족」의 공연을 위해 모스크바 말르이 극장을 방문함. 8월, 「L.N.톨스토이 백작 작품집」 1권이 발간됨. 10월, 맏딸 타티아나 태어남. 11~12월, 사냥 중에

팔이 부러져 모스크바에서 치료. 잡지 「러시아 통보」에 소설 「1805년」의 1,2부 원고를 보냄.

1865년(37세) 1~2월. 잡지 「러시아 통보」에 소설 「1805년」의 1부가 실림. 3월, 「L.N.톨스토이 백작 작품집」 2권이 발간됨. 여름, 농사에 전념함. 가을~겨울, 「1805년」, 「먼 들」을 집필.

1866년(38세) 1~3월, 모스크바에 머물며 소설 『전쟁과 평화』를 위해 자료를 수집함. 봄, 잡지 「러시아 통보」에 소설 「1805년」의 2부가 실림. 5월, 둘째 아들 일리야 태어남. 여름, 희극 「니힐리스트」 탈고. 10월, 원로회에 의해 명예 중재위원으로 위촉됨. 11월, 모스크바에서 M.N.카트코프와 「1805년」 3부의 출판에 대해 논의. 가족과 함께 야스나야 폴랴나에서 겨울을 보내며 「1805년」 집필.

1867년(39세) 야스나야 폴랴나에 머물며, 『전쟁과 평화』 발간을 위해 모스크바를 왕래함. 3월, 카트코프의 인쇄소에서 『전쟁과 평화』라는 제목으로 자비출판하기로 하였으나 성사되지 않음. 9월, 『전쟁과 평화』의 집필을 위해 보로지노의 옛 싸움터 방문. 12월, F.F.리스의 인쇄소에서 『전쟁과 평화』 1~3권 출판.

1868년(40세) 3월, 잡지 「러시아 서고」에 「전쟁과 평화에 관한 몇 가지 이야기」를 발표. 『전쟁과 평화』 제4권 발간. 9월, 「아즈부카(교과서)」 초고 집필.

1869년(41세) 1월, 『전쟁과 평화』 집필. 2월, 『전쟁과 평화』 제5권 발간. 5월, 3남 레프 탄생. 5~8월. 쇼펜하우어와 칸트의 저작에 심취함. 9월, 일리노 영지를 구입하기 위해 니즈니 노브고로드, 사란스크, 아르자마스를 거쳐 펜자 주로 감. 이때 톨스토이가 아르자마스 시의 호텔에서 처음 경험한 죽음의 공포는 훗날 「어느 광인의 수기」에 투영되었으며, '아르자마스의 공포'라고 불리는 이 경험은 이후 톨스토이를 정신적인 격변과 '회심'으로 이끌었음. 12월, 『전쟁과 평화』 제6권 발간. 이 해에 「크리스마스 트리」, 「수줍음이 많은 청년에 관한 농담」, 「오아시스」, 「아내를 죽인 자」 등의 작품에 착수하였으나 대부분 미완으로 남음.

1870년(42세) 1~2월, 셰익스피어, 괴테, 몰리에르, 푸쉬킨, 고골 등을 탐독함. 2월, 표트르 1세에 관한 소설에 착수. 2월, 아내 소피야 톨스타야에게 안나 카레니나의 원형이 될 여성상에 대해 이야기함. 5월, 툴라 지방법원의 출장 재판에 배심원으로 참석. 여름, 농사에 전념함. 11월, 표트르 1세에 관한 소설을 집필. 12월, 고대그리스어 공부에 열중함.

1871년(43세) 1~5월, 고대그리스어 공부에 열중. 열병과 복통을 호소함. 2월, 둘째 딸 마리야 태어남. 6월, 마유 요양을 위해 사마라 주로 감. 8월, 야스나야 폴랴나로 돌아와 「아즈부카(교과서)」를 집필. 12월, 「아즈부카」 1부 간행.

1872년(44세) 1~5월, 「아즈부카(교과서)」 집필. 1~4월, 아내 소피야와 큰 아이들(세르게이와 타티야나)과 함께 농민 아이들을 가르침. 2월, 표트르 1세에 관한 소설에 다시 착수함. 3월, 「카프카스의 포로」 집필. 4월, 잡지 「담화」에 「신은 진실을 보나, 바로 말해 주지 않는다」가 실림. 5월, 잡지 「노을」에 「카프카스의 포로」가 실림. 6월, 4남 표트르 탄생. 9월, 황소를 죽게 한 목동의 죽음에 대한 법적 책임 문제로 가택 연금을 당함. 이 일을 계기로 영국 이민을 계획하였으나, 툴라 지방법원장의 사과 서한을 받고 철회함. 10월, 표트르 1세에 관한 소설의 집필을 계속함.

1873년(45세) 1~2월, 표트르 1세에 관한 소설을 집필. P.D.골로흐바스토프, V.K.이스토민에게 표트르 1세 치하에 관한 자료와 책들을 요청하는 서한을 보냄. 3월, 「안나 카레니나」 착수. 5월, 전 8권의 작품집에 들어갈 『전쟁과 평화』 원고 수정. 6~8월, 가족과 함께 사마라 주의 영지로 가 빈민 구제 사업에 전념함. 9월, I.N.크람스코이가 야스나야 폴랴나로 와 톨스토이의 초상화를 그림. 10월, 민중 학교의 교사들이 야스나야 폴랴나에 모여 톨스토이가 제안한 어문 교육법에 대해 토의함. 11월, 아들 표트르가 크루프로 사망.

「L.N.톨스토이 백작 작품집」 전8권 간행. 12월, 학술원 러시아어 문학부의 회원이 됨.

1874년(46세) 4월, 5남 니콜라이 탄생. 4~5월, 「농촌 학교를 위한 문법교과서」와 「민중 교육에 관하여」를 집필. 6월, 교육 관련 저술 활동으로 인해 『안나 카레니나』 단독 출판이 연기됨. 타티야나 요르골스카야 사망. 가을, 교과서 집필과 교육 사업에 전념함. 11월, 『안나 카레니나』의 단독 출간이 완전히 중단됨. 11~12월, 「새 아즈부카(교과서)」 집필. 12월, M.N.카트코프에게 서한을 보내 『안나 카레니나』를 잡지 「러시아 통보」에 연재하기로 함.

1875년(47세) 1~5월, 잡지 「러시아 통보」에 『안나 카레니나』 첫 3부가 연재됨. 2월, 5남 니콜라이 사망. 5월, 「새 아즈부카(교과서)」 간행. 11월, 딸 바르바라가 태어나자마자 사망. 「러시아 독본」 전 4권 출간. 가을~겨울, 『안나 카레니나』, 「고행자 유스티니아누스의 삶과 고난」, 「그리스도교의 의미」, 「시간과 공간을 초월한 삶에 관하여」 등의 집필에 전념함. 12월, P.I.유쉬코바가 야스나야 폴랴나에서 사망.

1876년(48세) 겨울, 『안나 카레니나』의 집필에 전념. 2~4월, 잡지 「러시아 통보」에 『안나 카레니나』 3~5부가 연재됨. 여름, 바이올리니스트 I.M.나고르노프, T.A.쿠즈민스카야 등이 야스나야 폴랴나를 찾아옴. 나고르노프의 연주 중 특히 크로이처 소나타에 열광함. 10월, 툴라 수 귀족회의에서 지원을 받아 야스나야 폴랴나에 사법학교를 건립하고자 했으나 성사되지 않음. 11월, 러시아-터키 전쟁이 임박했다는 소식을 듣고 자세히 알아보러 모스크바에 감. 이때 세르비아로 떠나는 러시아 자원병들의 모습이 「안나 카레니나」 후반부에 그려짐. 12월, 잡지 「러시아 통보」에 『안나 카레니나』 원고를 전달하기 위해 모스크바에 감. N.G.루빈쉬테인이 톨스토이를 위해 연 음악회에서 P.I.차이콥스키와 알게 됨. 이 무렵부터 종교 문제에 열중하기 시작함.

1877년(49세) 겨울, 이주민을 다룬 문학 작품을 구상함. 「종교의 정의」, 「그리스도교 교리문답」에 착수. 2~5월, 잡지 「러시아 통보」에 「안나 카레니나」 6~7부 연재. 6월, 「안나 카레니나」 8부의 전쟁 장면들에 관한 의견 대립으로 「러시아 통보」 5호에는 8부의 요약본이 게재됨. 7월, 「안나 카레니나」 8부 단독 출간. 8~9월, 전 4권의 「슬라브 독본」 출간. 9월, 툴라 주 행정위원회 서기장과 크라피브나 자치회 의원, 교육위원회와 여자 김나지움 감독위원회, 노역의무 면제 위원회, 민병 및 예비군 가정 지원 의원회 등의 회원으로 위촉됨. 12월, 6남 안드레이 탄생. 툴라 실업학교의 명예 후견인으로 위촉됨.

1878년(50세) 겨울, 데카브리스트에 관한 소설을 쓰기 위해 모스크바와 페테르부르크에 가 데카브리스트와 그 가족들을 만나고 자료를 수집함. 4월, 1861년 불화 이후 왕래하지 않았던 투르게네프에게 서한을 보내 화해를 청함. 5월, 「신앙에 관한 논쟁」, 「나의 삶」 등을 집필. 8월과 9월, 투르게네프가 야스나야 폴랴나를 방문함. 9~12월, 소설 「데카브리스트」 집필.

1879년(51세) 1~3월, 「데카브리스트」 집필. 미완작 「수고하며 무거운 짐 진 자들」 초고 집필. 1월, A.A.톨스타야를 통해 데카브리스트 자료 열람을 위한 제3부 기록보관소 방문을 요청하였다가 거절당함. 봄, 사순절 금식을 엄격히 지키고 매일 저녁 복음서를 읽음. 3월, 모스크바에 있는 법무성 기록보관소에 18세기 자료 열람을 요청하였다가 거절당함. 4월, 외무성 장관 N.K.기르스에게 서한을 보내 모스크바와 페테르부르크의 기록보관소 열람을 요청하여 5월에 승낙을 받음. 6월, 키예프에 있는 키예프-페체르스키 수도원을 방문함. 10~12월, 철학적 종교적 사상의 격변기를 겪음('회심'). 12월, 7남 미하일 탄생.

1880년(52세) 1월, 모스크바에서 작품집의 재발간에 착수하여 F.I.살라예프에게 출판권을 넘겨 줌. 1~2월 『참회록』, 『교리신학 연구』 집필. 3월, 『4대 복음서의 통합, 번역, 연구』 착수. 4~7월, 「L.N.톨스토이 백작 작품집」 전 11권 발간. 6월, 모스크바의 푸쉬킨 동상 제막식에 불참. 10월, 아이들의 가정교사를 찾기 위해 모스크바에 감.

I.E.레핀과 알게 됨. 11~12월, 『4대 복음서의 통합, 번역, 연구』집필에 전념함. 아내 소피야 톨스타야와의 불화가 심해짐.

1881년(53세) 1월, 민화 「사람은 무엇으로 사는가」, 「세 아들」 집필. 2월, 도스토옙스키의 부고를 접하고 매우 슬퍼함. 3월, 알렉산드르 2세를 살해한 '민중의 의지' 당 소속 혁명가들에 내려진 사형 선고를 철회해 줄 것을 청원하는 서한을 황제 알렉산드르 3세에게 보냄. 6월, S.P.아르부조프, D.F.비노그라도프와 함께 옵티나 수도원까지 걸어서 순례함. 7월, 전 지방법원 위원 I.I.메치니코프가 사망. 메치니코프의 병과 죽음은 훗날 「이반 일리이치의 죽음」의 모티브가 됨. 영지 경영과 마유 요양을 위해 아들 세르게이와 함께 사마라의 영지에 다녀옴. 10월, 8남 알렉세이 탄생.

1882년(54세) 1월, 신문 「현대 통보」에 「모스크바 총인구조사에 관하여」를 기고. 「이제 무엇을 할 것인가」에 착수. 모스크바 총인구조사에 참가. 1~4월, 잡지 「예술 잡지」의 편집장 N.A.알렉산드로프에게 보내는 서간 형식으로 예술에 관한 일련의 기고문을 집필함. 4월, 「참회록」을 탈고하여 잡지 「러시아 사상」에 발표. 7월, 「참회록」이 출판 금지되었다는 기사가 신문 「목소리」에 실림. 돌고하모브니키 거리에 있는 집을 구입함(훗날 톨스토이 박물관이 됨). 10~11월, 성서 연구를 위해 히브리어를 공부. 12월, 「한 마을에 독실한 이가 있었네」 착수.

1883년(55세) 1~3월, 모스크바에서 「나의 신상은 무엇에 있는가」 집필. 4월, 야스나야 폴랴나 저택 화재. 5월, 아내 소피야 톨스타야에게 재산 관리를 일임함. 6월, 투르게네프가 죽기 전 마지막 서한을 보내 톨스토이를 '러시아 땅의 위대한 작가'로 일컬으며 순수 문학 활동에 전념해 달라고 요청함. 7월, 톨스토이가 농민들과 어울리며 평등 사상을 주입하고 교회를 장식하는 것은 어리석은 일이라고 설파한다는 밀고가 사마라 주 헌병대장에게 들어옴. 9월, 종교적 신념에 반한다는 이유로 지방법원의 배심원직을 사임함. 10월, V.G.체르트코프와 알게 됨. 이후 체르트코프는 톨스토이의 가장 가까운 친구이자 동료가 됨.

1884년(56세) 「이제 무엇을 할 것인가」, 「이반 일리이치의 죽음」 집필. 「어느 광인의 수기」, 「불은 놓아 두면 끄지 못한다」 구상. 1월, 화가 게, 톨스토이 초상화 그림. 2월, 인쇄 중이던 「나의 신앙은 무엇에 있는가」가 '비도덕적이며, 그리스도교의 가르침에 어긋난다'는 이유로 당국에 압수. 3월, 아내와의 불화, 가족 내 소외감을 토로하는 일기를 남김. 6월, 아내와의 말다툼 후 가출을 시도하였으나 임신 중인 아내를 생각하여 곧 돌아옴. 3녀 알렉산드라 탄생. 9월, A.N.오스트롭스키, I.A.곤차로프와 함께 키예프 대학의 명예위원으로 위촉됨. 11월, V.G.체르트코프 등과 함께 민중을 위한 출판사 '중개인'을 설립함.

1885년(57세) 소설 「홀스토메르」와 「이반 일리이치의 죽음」 집필. 민화 「불은 놓아 두면 끄지 못한다」, 「사랑이 있는 곳에 신이 있다」, 「소녀는 노인보다 지혜롭다」, 「일리야스」, 「바보 이반」 등을 집필함. 1월, 아내 소피야 톨스타야, 톨스토이 작품의 출판과 판매 관리를 시작함. 2월, 헨리 조지의 저서를 탐독함. '중개인'에 「형제와 황금」 원고를 넘김. 키시뇨프에서 톨스토이 사상에 영향을 받은 최초의 병역 거부자가 나옴. 10월, 『참회록』, 『요약복음서』, 「나의 신앙은 무엇에 있는가」가 체르트코프의 번역으로 런던에서 출판됨. 가족들은 모스크바로 가고 톨스토이만 야스나야 폴랴나에 남아 「이제 무엇을 할 것인가」를 집필. 12월, M.F.살티코프-셰드린에게 서한을 보내 '중개인'과의 협력을 요청.

1886년(58세) 「어둠의 힘」, 「계몽의 열매」, 「빛이 있을 때 빛 속을 걸어라」, 「회개하는 죄인」, 「세 은수자」, 「달걀만한 씨앗」, 「사람에게 많은 땅이 필요한가」, 「빵 한 조각을 보상한 악마 이야기」, 「일꾼 예멜리얀과 빈북」, 「최초의 양조자」 등을 집필. 1월, 8남 알렉세이 사망.

1887년(59세) 「빛이 있을 때 빛 속을 걸어라」, 『인생론―삶에 관하여』, 「수라트의 찻집」, 「지혜로운 여인」 등을 집필. 겨울, 육식을 금하고 채식주의를 설파함. 2월, '중개인'에서 희곡 「어둠의 힘」이 출간되었으나 당국에 의해 공연 금지됨. 2월, P.I.비류코프와 함께 '중개인'에서 출판할 「새 요약 아즈부카(교과서)」를 집필. 여름, 농사에 전념하며

「인생에 관하여」를 수정·집필함. 4월, 톨스토이를 찾아온 배우 V.N.안드레예프-부를락이 기차 안에서 어떤 사람에게 들은 아내의 부정 이야기를 전함. 이 이야기가 「크로이처 소나타」의 모티브가 됨. 7월, 「인생론-삶에 관하여」 탈고, 비류코프를 통해 원고를 전달함.

1888년(60세) 1월, 희곡 「어둠의 힘」이 프랑스 파리에서 초연됨. 「인생론-삶에 관하여」가 발간 금지되어 전량 압수됨. 톨스토이가 서문을 쓴 T.M.본다레프의 「농민의 축제」가 발간 금지됨. 2월, I.E.레핀과 N.N.게에게 서한을 보내 '중개인'에서 출판할 도서를 위한 일러스트를 그려 달라고 요청함. 5월, A.F.코니에게 서한을 보내 로잘리 오니와 유혹자에 대한 그의 이야기를 작품 소재로 사용할 수 있게 해 달라고 요청함. 이 이야기가 훗날 「부활」의 모티브가 됨. 검열 당국에 의해 「매일을 위한 명언집」이 발간 금지됨. 5~6월, 딸들과 함께 농사일에 전념함. 6월, 여농(女農) 아브도티야 코필로바에게 오두막을 세워 줌.

1889년(61세) 1~2월, 「악마」, 「계몽의 열매」, 「예술에 관하여」, 「Carthago delenda est」 등을 집필. 「부활」에 착수. 3월, 조각가 K.A.클로트의 「밭에서의 톨스토이」를 위해 모델을 해 줌. 아내 소피야 톨스타야의 번역으로 「인생론-삶에 관하여」의 프랑스어판이 나옴. 4~5월, 「크로이처 소나타」 집필. 잡지 「러시아의 자산」에 실릴 「예술에 관하여」 원고를 교정함. 12월, 야스나야 폴랴나 저택에서 「계몽의 열매」 공연.

1890년(62세) 「부활」, 「계몽의 열매」, 「세르기 신부」, 「크로이처 소나타 에필로그」, 「왜 스스로를 마취시키는가」, 「하느님의 나라는 우리 안에 있다」(「무저항에 관한 글」) 등을 집필. 1월, 연극 애호가들에 의해 페테르부르크에서 「어둠의 힘」 러시아 초연. 3월, 톨스토이 작품집 13권에 포함된 「크로이처 소나타」가 내무성 장관 I.N.두르노보에 의해 발간 금지됨. 4월, 연극 애호가들에 의해 툴라에서 「계몽의 열매」 초연. 6월, 모든 작품에 대한 저작권을 사회에 환원하겠다고 아내 소피야에게 선언함.

1891년(63세) 「세르기 신부」, 「굶주림에 관하여」, 「첫 걸음」, 「빛은 어둠 속에서도 빛난다」, 「하느님의 나라는 우리 안에 있다」 등을 집필. 1월, 「Contemporary Review」지에 「왜 스스로를 마취시키는가」의 영역본이 게재됨. 3월, 「Review of Review」지에 「니콜라이 팔킨」의 영역본이 게재됨. 「어머니」(「어머니의 일기」) 착수. 4월, 아내 소피야가 출판 금지되었던 「크로이처 소나타」의 발간 허가를 얻어 냄. 5월, 제네바에서 「교리신학 연구」 출판. 6월, 1881년 이후 쓰인 저작에 대한 저작권 포기를 발표하려 하자 아내 소피야 톨스타야가 자살을 기도함. 9~11월, 중부 러시아의 대기근으로 고통받는 툴라와 랴잔 주의 농민 구제 활동에 전념. 「굶주림에 관하여」 집필. 10월, 「굶주림에 관하여」가 실린 잡지 「철학과 심리학의 제 문제」가 검열국에 의해 발행 금지됨. 12월, 「굶주리는 민중에 대한 도움」, 「일꾼 예멜리얀과 빈 북」, 「대기근으로 고통 받는 민중을 구제하는 방법에 관하여」가 실린 모음집 발간.

1892년(64세) 1월, 농민 구제 활동을 이어감. 잡지 「러시아 통보」에 대기근 피해자를 돕기 위해 모집된 후원금의 사용 내역을 게재. 「굶주리는 민중에 대한 도움」이 검열에 의해 많은 부분 삭제됨. 모스크바 말르이 극장에서 「계몽의 열매」 공연. 7월, 톨스토이에게 속한 모든 부동산을 아내와 자식들에게 양도한다는 재산 분할 증서에 서명함.

1893년(65세) 1월, 잡지 「북방 통보」에 「수라트의 찻집」이 실림. 2~7월, 세 차례에 걸쳐 베기쳅카 지역을 돌아보며 빈민 구제 사업 현황을 시찰함. 11~12월, 「하느님의 나라는 우리 안에 있다」 탈고. 「부작위의 죄」, 「종교와 도덕」, 「그리스도교와 애국심」, 「세 가르침」 등을 집필함.

1894년(66세) 1월, 베를린에서 「하느님의 나라는 우리 안에 있다」가 러시아어로 출판됨. 모스크바 심리학회의 명예회원으로 선출됨. 5~12월, 「그리스도교의 가르침」 집필. 9월, 「주인과 일꾼」 집필. 11월, 스위스에서 출판된 「4대 복음서의 통합, 번역, 연구」가 러시아 내무성에 의해 국내 반입 금지됨. 12월, 두호보르파 신자들을 만남. 「젊은 황제의 꿈」 집필. 잡지 「북방 통보」에 톨스토이가 번역하고 서문을

단 폴 카루스의 「카르마」가 실림. 「종교와 도덕」 집필.

1895년(67세) 1월, 「부활」, 「교리문답서」(「그리스도교의 가르침」), 「부끄러워라」 등을 집필. 2월, 9남 이반 사망. 3월, 자신의 작품에 대한 저작권 일체를 사회에 환원하겠다는 유언장을 일기에 남김. 8월, 러시아에서 벌어지고 있는 두호보르파 탄압에 대한 공개 서한을 언론사에 보냄. A.P.체호프가 처음으로 찾아옴. 10~11월, 「어둠의 힘」이 모스크바 말르이 극장 초연에서 기립박수를 받는 등 러시아 전역의 극장에서 공연되어 대성공을 거둠.

1896년(68세) 1~4월, 「부활」, 「빛은 어둠 속에서도 빛난다」, 「그리스도교의 가르침」, 「하느님인가 재물인가」 등을 집필. 4월, M.M.홀레빈스키라는 의사가 금서 조치된 톨스토이의 저작을 유포했다는 이유로 체포되자 내무성과 법무성 장관에게 서한을 보내, 독자가 아닌 자신을 체포하라고 청원함. 볼쇼이 극장에서 바그너의 오페라 「지그프리드」를 관람함. 이 오페라에 대한 감상이 「예술이란 무엇인가」의 13장에 삽입됨. 5~11월, 「애국심인가 평화인가」, 「다가오는 종말」, 「자유주의자들에게 보내는 서간」 등을 집필. 「하지 무라트」 착수. 11월, 1895년 주류 전매 제도를 도입한 재무성 장관으로부터 정부가 설립한 금주회 활동에 동참해 달라는 요청서를 받았으나 거절함. 병역거부 운동으로 인해 정부로부터 심한 탄압을 받고 있던 카프카스 지역 두호보르파 신자들을 돕기 위해 비류코프와 트레구보프, 체르트코프가 쓴 호소문 「도와주십시오!」에 에필로그를 씀.

1897년(69세) 1월, 「예술이란 무엇인가」 집필에 전념. 1895년 아들 이반의 사망 이후 음악에 빠져 있던 아내 소피야와의 관계가 계속 악화됨. 2월, 호소문 「도와주십시오!」 작성을 이유로 국외 추방된 체르트코프와 비류코프, 트레구보프를 배웅하기 위해 페테르부르크에 다녀옴. 4월, 음악원에서 A.G.루빈쉬테인의 학생극 리허설을 관람함. 「예술이란 무엇인가」의 첫 장이 이 리허설에 대한 감상으로 시작함. 7월, 야스나야 폴랴나와 아내를 떠나겠다는 내용의 편지 두 통을 아내 소피야에게 보냄. 카잔에서 열린 '일치와 화합을 위한 제3회 전 러시아 선교사 총회'에서 톨스토이의 종교적 활동이

| | 그리스도교와 국가 질서에 반하는 매우 위험한 사상으로 규정됨. 11~12월, 「예술이란 무엇인가」를 탈고하여 잡지 「철학과 심리학의 제 문제」에 보냄. 12월, 「살아 있는 시체」를 구상. |

1898년(70세) 3월, 두호보르파 신자들에 대한 이주 지원을 호소하는 글을 잡지 「러시아 통보」와 「페테르부르크 통보」, 그리고 영국과 미국의 여러 언론사로 보냄. 4월, 두호보르파 신자들의 이주 지원금을 모집했다는 이유로 잡지 「러시아 통보」가 2개월간 징간 당함. 4~5월, 툴라와 오룔 주의 빈민 구제를 위해 활동. 「기근인가 기근이 아닌가」 집필. 6월, 3년간 집필을 멈췄던 「세르기 신부」의 집필을 재개. 「위조 쿠폰」과 「세 가지 질문」에 착수. 7월, 가출을 결심함. 8월, 탄생 70주년 기념 축하회가 열림. 세계 각지로부터 축전이 도착함. 9월, 『부활』 집필을 위해 오룔 주의 감옥들을 시찰함. 10월, 잡지 「니바」와 『부활』의 출판 계약을 체결함. 『부활』로 받은 인세 전액을 4천여 두호보르파 신자들의 캐나다 이주 자금으로 기부함.

1899년(71세) 3월, 잡지 「니바」에 『부활』 연재 시작. 여름~가을, 『부활』 집필에 전념함. 「우리 시대의 노예제도」에 착수.

1900년(72세) 1월, 학술원 문학부문 명예회원으로 위촉됨. 2~6월, 「애국심과 정부」, 「우리 시대의 노예제도」 탈고. 체르트코프에 의해 영국에서 출판됨. 3월, 신성종무원은 '레프 톨스토이 백작이 참회하지 않고 사망할 경우 모든 종류의 추모와 위령 예식을 금지한다'는 결정을 내리고, 관할 교구 내 모든 성직자들에게 이 같은 결정을 따르도록 명령하라는 비밀 서한을 전 교구에 내려 보냄. 5~6월, 가족과의 불화가 심해져 가출을 계획함. 농부가 된 네흘류도프의 삶을 그린 『부활』의 속편을 구상. 가을, 「진정 필요한 일인가」와 「출구는 어디에 있는가」, 「시체」(『살아 있는 시체』)를 집필. 11월, 농민 작가 M.P.노비코프의 「농민의 목소리」를 읽고 깊은 감동을 받음. 12월, 11명의 두호보르파 여신자들이 야쿠티아 주로 유형 간 가족들과 함께 살 수 있도록 러시아 귀국을 허락해 달라는 내용의 청원서를 니콜라이 2세에게 보냄. 자전적 희곡 「빛은 어둠 속에서도 빛난다」 집필.

1901년(73세) 2월, 정교회에서 파문. 파문의 결정적인 계기는 「부활」의 출판으로, 신성종무원은 톨스토이가 이 작품에서 성찬식을 신성 모독한 것으로 간주함. 종무원의 결정이 공표되자 러시아 사회 전체에 격한 논쟁이 벌어짐. 4월, 「종무원에 보내는 답신」을 작성하여 자신의 종교관과 신앙을 역설함. 7월, 빈민들과 같은 방식의 장례와 저작권 포기를 당부하는 유서를 작성함. 8~9월, 건강이 악화되어 담석산통과 심장 기능 저하, 열병을 앓음. 9월, 아내 소피야와 함께 크림 반도로 요양을 떠남. 10~12월, 「종교란 무엇이며 그 본질은 어디에 있는가」, 「유일한 방법」, 「하지 무라트」 등을 집필.

1902년(74세) 「신앙의 자유」, 「노동하는 민중에게」를 집필. 2월, 폐렴으로 위독한 상태에 빠짐. 아내 소피야, 교회의 품으로 돌아오도록 톨스토이를 설득하라는 안토니 대주교의 충고 서간을 받음. 4월, 장티푸스를 앓음. 6월, 아내와 함께 야스나야 폴랴나로 돌아옴. 7~9월, 「하지 무라트」, 「위조 쿠폰」, 「노동하는 민중에게」, 「성직자에게」, 「빛은 어둠 속에서도 빛난다」, 「지옥의 붕괴와 부흥」을 집필하고, 「회상」을 구술함. 12월, 간염과 독감으로 위독한 상태에 빠짐. 검열국, 톨스토이 사망 시 보도 통제를 언론에 지시함.

1903년(75세) 1월, 「매일 읽는 현자들의 사상」 집필. 5월, 「정치인들에게」를 탈고하여 체르트코프에게 보내 영국에서 발표함. 여름, 「하지 무라트」, 「회상」, 「아시리아 왕 아사르하돈」, 「무도회가 끝난 후」 등을 집필. 8월, '중개인'에서 「매일 읽는 현자들의 사상」 출간. 가을~겨울, 「셰익스피어와 희곡에 대하여」의 초고 집필. 「신의 것, 인간의 것」, 「위조 쿠폰」, 「필요한 단 하나의 것」 등을 집필.

1904년(76세) 러일전쟁에 반대하는 「각성하라」 기고. 「위조 쿠폰」, 「어둠 속의 빛」, 「필요한 단 하나의 것」, 「러시아의 사회 운동에 관하여」 등을 집필함. 1월, 「지혜의 달력」 착수. 아내 소피야가 톨스토이의 자필 원고들을 역사 박물관에 기증함. 2월, 아내 소피야가 회고록 「나의 삶」을 쓰기 시작함. 3월, A.A.톨스타야 사망. 8월, 형 세르게이가 위독하다는 소식을 듣고 피로고보로 감. 형이 사제를 청해 병자성사를 받도록 톨스토이가 설득함. 12월, D.P.마코비츠키가 가족의 주치의로 야스나야 폴랴나에 옴.

1905년(77세) 1월, 체홉의 「귀여운 여인」 에필로그를 집필. 「코르네이 바실리예프」, 「알료샤 고르쇼크」, 「기도」, 「산딸기」, 「대죄」, 「세기 말」, 「세 가지 거짓」, 「푸른 지팡이」 등을 집필. 「수도사 표도르 쿠지미치의 유고」 착수. 페테르부르크에서 있었던 '피의 일요일'에 대한 기사를 읽음. 2월, 모스크바에서 있었던 세르게이 알렉산드로비치 대공의 암살 소식을 듣고 큰 충격을 받음. 8월, '수도사 표도르 쿠지미치의 시선으로 본 알렉산드르 1세 이야기'를 집필하고 싶다는 희망을 마코비츠키에게 전함. 10월, V.V.스타소프에게 서간을 보내 '러시아에서 일어나고 있는 혁명 운동에 있어 민중의 편에 서고 싶다'는 의사를 표명함. 국민의 기본권과 시민적 자유를 약속한 니콜라이 2세의 칙령을 읽고 '민중을 위한 것은 아무것도 없다'고 실망함.

1906년(78세) 「무엇을 위하여」, 「꿈에서 본 것」, 「정부, 혁명가, 민중」, 「러시아 혁명의 의미」, 「무엇을 할 것인가」, 「자신을 믿어라」 등을 집필. 8월, 아내 소피야, 건강이 악화됨. 11월, 딸 마리야 오볼렌스카야 사망.

1907년(79세) 1~4월, 「아동을 위한 그리스도의 가르침」 집필. 2월, 야스나야 폴랴나 농민 학교를 부활시킴. 3~5월, 「우리의 인생관」 집필. 4월, 「삼 세기」를 구상하였으나 집필에 착수하지 못함. 4~5월, 「그리스도교를 믿는 민족들, 특히 러시아 민족이 비참한 상황에 놓인 이유는 무엇인가」 집필. 5월, 아내 소피야의 남동생 뱌체슬라프 베르스가 급진 사회혁명당원에 의해 암살됨. 7월, 국무총리 P.A.스톨리핀에게 서간을 보내 러시아 농민들의 상황을 알리고 토지 사유제를 폐지할 것을 호소하였으나 스톨리핀은 답신에서 토지 사유제의 정당성을 역설함. 7~8월, 「살인하지 말라」, 「도덕적 문제에 대한 아이들과의 대화」 등을 집필. 9~10월, 새 「지혜의 달력」 집필에 전념함.

1908년(80세) 1월, 툴라의 사제 D.E.트로이츠키가 마지막으로 방문하여 정교회로 돌아올 것을 요청함. 에디슨이 축음기를 보냄. 2월, 야스나야 폴랴나의 농민 아이들을 가르침. 5월, 사후 저작권 문제에 대해 아내와 상의함. 6월, 영구 귀국한 체르트코프가 야스나야 폴랴나 근처로 옮겨 옴. 7월, 가출에 대한 강한 의지를 일기에 남김. 사형 제도에 반대하는 「침묵할 수 없다」를 국내외 언론을 통해 발표. 8월, 건강이 악화됨. 모든 작품에 대한 저작권을 사회에 환원하고, 어떤 교회식 장례 절차 없이 '푸른 지팡이'의 자리에 매장해 달라는 유언을 남김. 신문 「새로운 루스」에 '정교의 믿음에 반하는 톨스토이의 80회 생일에 대한 일체의 축하 행사에 참가하지 말라'는 신성종무원의 권고가 실림. 8~9월에 걸쳐 세계 각지로부터 2,000통이 넘는 축전이 도착함. 「아동을 위한 그리스도의 가르침」, 「폭력의 법칙, 사랑의 법칙」, 「사랑의 축복」, 「그리스도교와 사형 제도」, 「지혜의 달력」을 집필.

1909년(81세) 1월, 「수도사제 일리오도르」, 「행인과의 대화」, 「세상에 죄인은 없다」, 「시골 마을의 노래」, 「꿈」, 「의식의 혁명」, 「유일한 계율」 등을 집필. 툴라의 교회와 경찰 당국이 아내 소피야에게 톨스토이의 죽음이 임박할 경우 곧바로 관에 알리도록 강요함. 3월, 신문 「러시아 어문」에 「고골에 관하여」 발표. 7월, 스톡홀름에서 열린 제18회 세계평화회의에 초대받음. 저작권과 재산권 문제로 가족들과 첨예하게 대립함. 재산을 정리하고 가출하고 싶다는 글을 일기 곳곳에 남김. 8월, 금서를 유포하고 혁명을 선동했다는 이유로 비서 구세프가 체포됨. 9월, 마지막으로 모스크바를 방문함. 모스크바에서 떠날 때 수많은 군중이 그를 에워싸고 박수갈채를 보냄. 간디로부터 인도의 예속 상황에 대한 편지를 받음.

1910년(82세) 1~2월, 문집 「인생의 길」, 「호드인카」, 「보답하는 대지」, 「모든 악은 여기에서 나온다」, 「사회주의에 관하여」 등을 집필. 5월, 아내 소피야, 히스테리를 일으켜 가출함. 7월, 그루만트 마을 근처 숲에서 비밀리에 최종 유언장을 작성함. 8월, 가족 몰래 유언장을 작성한 것을 후회함. 아내 소피야, 톨스토이의 장화 속에서 '나만을 위한 일기'를 발견함. 9월, 아내 소피야가 자신을 '정상적인 판단을 할 수 없는 건강 상태'로 몰고 가 유언을 무효화하려 한다는 글을 일기에 남김. 10월 24일, M.P.노비코프에게 편지를 보내 가출 계획을 알리고, 자신이 머물 집을 알아봐 달라고 요청함. 10월 27일, 아내에게 보낼 이별의 편지를 씀. 10월 28일, 마코비츠키와 함께 야스나야 폴랴나를 몰래 떠나 여동생 마리야 니콜라예브나가 있는 샤모르지노 수도원으로 감. 옵티나 수도원에 들러 여동생의 고해 사제인 이오시프 신부를 만나려고 했으나 출입이 금지됨. 10월 31일, 아내 소피야 톨스타야가 올지도 모른다는 딸 알렉산드라의 이야기에 급히 샤모르지노를 떠남. 노보체르카스크에 있는 조카를 만난 뒤 불가리아로 갈 계획을 세웠으나 고열과 오한으로 아스타포보 역에서 하차. 역장 I.I.오졸린의 숙사로 감. 톨스토이의 가족과 전국 각지의 기자들이 아스타포보에 도착함. 의사들의 결정에 따라 아내와 아이들을 환자에게 들여보내지 않음. 11월 3일, 속히 참회하고 교회의 품으로 돌아오라는 대주교 안토니의 전보가 도착함. 톨스토이에게는 보여 주지 않음. 11월 5일, 옵티나 수도원장 바르소노피가 찾아와 면담을 요청했으나 딸 알렉산드라가 거절함. 11월 7일, 아내 소피야 톨스타야가 이미 의식이 없는 톨스토이를 만남. 오전 6시 5분, 톨스토이 영면. 11월 9일, 야스나야 폴랴나에서 수많은 군중이 모인 가운데 영결식이 거행됨. 자신의 유언대로, '푸른 지팡이'가 묻혀 있다는 숲에 묘비나 표석 없이 묻힘.

톨스토이 클래식 13

계몽의 열매

초판 발행 2025년 9월 15일

지은이 레프 톨스토이
옮긴이 김경준

펴낸이 김선명
펴낸곳 뿌쉬낀하우스
편집 뿌쉬낀하우스 출판부
디자인 박서현
주소 서울시 중구 퇴계로20나길 10 202호
전화 02)2237-9387
팩스 02)2238-9388
이메일 book@pushkinhouse.co.kr
홈페이지 www.pushkinhouse.co.kr
출판등록 2004년 3월 1일 제 2004-0004호

ISBN 979-11-7036-168-8 04890
      979-11-7036-027-8 (세트)

Published by Pushkin House. Printed in Korea
Copyright ⓒ 2025 Pushkin House
           ⓒ 김경준

저작권법에 의해 보호를 받는 저작물이므로 무단 전재와 무단 복제를 금합니다.